ラジオガール

片汐 芒
KATASHIO Bo

文芸社文庫 NEO

目次

ラジオガール

プロローグ

波の寄せる音、鼻孔をくすぐる潮の香り、髪を揺らす柔らかい風。懐かしさと心地よさに五感が一つずつ刺激され、ゆっくりと目が覚める。

——暗い。ここはどこ？

何も見えない。けれど目をこらしているうちに、少しずつ視界に広がってきたのは……。

——夢の中では、ないみたい。

黒々とした夜の海。そこには明るく輝く道がゆらゆらと揺れながら、真ん丸な月まで真っ直ぐ続いている。海に落ちそうなほどに低い月。

——もしかして？

ゆっくりと見渡してみる。右手には遠く岬が黒々と横たわり、左手の突き出た堤防の上には、常夜灯の暖かな明かり。

もう、わかった。ここは、幼い頃からお気に入りの場所。大切な思い出がいっぱい溢れる場所。

――でも何で？　何でここにいるんだろう？　たしか……。

それ以上思い出そうとしても、頭に靄《もや》がかかったようにぼんやりしている。自分がいつここに来たのか、どれほどの時間こうしていたのかわからない。

その時、バイクのエンジン音が近づいてきた。振り向くと眩しい光が、真っ直ぐに自分へと伸びている。

ライダーの姿は光に遮られてはっきりとは見えなかったが、こちらを見つめる顔が、少しだけ左に傾いているのがわかる。

――どのくらい会っていなかったろう、また背が高くなったんじゃないかな。でも変わらない、あの仕草は。最初に会った、あの日からずっと。

大きな声で名前を呼ばれる。聞きなれている声。なのに、なぜか懐かしくさえ感じる。自分がここにいる理由もわかった。

――そうだった。私、会いに来たんだ。

その声に誘われるまま、バイクのタンデムに跨《また》がる。お尻に少しくすぐったいエンジンの鼓動。目の前には広い肩。その背にしっかりと抱きつき、顔を埋める。

海、潮の匂い、そして大好きな人。

何よりも望んでいたものが、目の前にある。それが、どれほど自分に必要だったのか、こうしているとはっきりとわかってくる。

クォーン。耳に甲高く響く乾いたエンジン音。バイクが勢いよく走り出し、体が後ろへ強くグイと引かれた。自然と抱きしめる手に力が入る。

――まるでロケットみたい。このまま空まで飛んでいってしまいそう。

ゆっくりと瞼を閉じる。頭も体も、潮の香に溶け込んでいくようだ。

――あぁ、なんて気持ちいいんだろう。ずっとこうしていられたら、いいのにな……。

一章　カワラナイコト

広い道路。多くの車が音をたてて行き交う。鼻につく排気ガスの臭い、耳障りな騒音。

すでに太陽は頭上高くにあり、ジリジリと日差しを浴びせかけ肌を焼く。額に浮き出した汗を袖口で無造作に拭い、空を見上げ太陽を睨みつける。そんな事をしても日差しが弱まるわけではないのだが。

——暑い。疲れた。それに、体のあっちこっちが痛い。

その場に座り込んでしまいたい、そう思う頭とは裏腹に、なぜか足は止まらない。前から歩いてきたカップルが顔を見合わせ笑っている。すれ違った後も振り向いて見ているのが、背中越しにでもわかる。

——ちぇっ、まただ。

明るくなってからというものの、ずっとそうだ。すれ違う誰もが自分に視線を送る。口元に笑みを浮かべ、時には顔を顰《しか》め、不躾《ぶしつけ》な視線を投げてくる。けれど自分の着ている服、それに気付いた時初めて、自分に向けられた視線の意味がわかった。

――オレ、何でこんな格好をしているんだ？

やけに薄っぺらな寝間着、足には自分のものとは思えないほどブカブカのスリッポン。まるで寝起きのまま外へ飛び出してきたみたいだ。

――こんなカッコで、どこへ行くつもりだったんだ？

惚《とぼ》けた疑問だ。けれど、いくら頭を捻ってみても答えは見つからず、途方に暮れてしまう。その時タイミングよくロードサイドの衣料品店が目に入った。

――とりあえず、このカッコを何とかしなきゃ。

開店したばかりの店内はお客も疎《まば》ら。エアコンの冷気が、火照《ほて》った肌の熱を逃がしてくれる。案の定、訝《いぶか》し気な顔で頭を下げる店員を無視し、適当にジーンズとTシャツを手に取ると試着室へと向かった。

――あっ、痛てて っ！

体を少し屈めただけで、全身がズキリと痛んだ。

――そういや、ずっと体中が痛かったな。

痛みに顔を顰めつつ、寝間着を脱ぎ捨てパンツ一枚となる。姿見に映ったその姿に思わずギョッとなる。

――え？

鏡の中には、目を見開き驚いた顔。

左の腕には強く摑まれたような痣《あざ》が残り、他にも全身の至るところに青黒い痣、擦り傷や切り傷がある。特に酷いのは右手側。胸から下腹部にかけては、赤黒い内出血の跡が消えずに残ったままだ。

——誰だ？　この子？　ボロボロじゃないか？

鏡に映っているのは少女。髪は耳がすっかり見えるほど短いショートカット、痩せた体に細い手足、一見すると少年のよう。けれど膨らみかけの胸、くびれたウエストから腰への柔らかなラインは、思春期の少女のそれだ。

慌てて自分のパンツを下げ、股間へ目をやった。もちろん、鏡の中の少女も同じようにそれに倣《なら》う。

——な、何で？　どういう事？　これって夢なのか？

必死で目を覚まそうと、頰を叩いてみたり、ブルブルと思いっきり頭を振ってみたりしたものの、夢から覚める事はない。

——クソ、何なんだ。

横を向いたり歯をむき出してみたり、何度も表情を変えてみる。鏡の中の少女も同じ事を繰り返す。自分の動きを倣う見知らぬ少女、どうにも気味が悪い。

——おかしいな？　鏡に映ってるのオレなんだよな？　でも、どう見ても女だ、オレじゃない。でもオレ……？　オレって、誰だ？

冷たい水が肌を滑るような感覚、思わずブルッと身を震わす。

――マジかよ……。わからない。自分の事、何もわからない。住んでいるところも、名前すら。一体オレって何者なんだ？


眉を顰めつつ、しばらく考えてみた。

そして、大きく深呼吸。息を吸い、ゆっくりと吐く。さらにもう一度。

「そうだよ！　やっぱこれって夢なんだ。覚めない夢ってのも、あるんだな」

そう声にして笑ってみた。鏡に映る少女も笑う。わざとおどけた表情を作ると、やはり同じようにおどけて見せる。

――オレ、なかなかカワイイじゃん。

夢、そう考えるのが、一番しっくりくる。

そう気を取り直すと、ジーンズとTシャツに着替えた。持ってきたのはメンズ。サイズが合わずダブダブだが仕方がない。

試着室のカーテンを少しだけ開き、店内の様子を窺ってみる。奥の棚の前で接客中の店員は忙しそうだ。パジャマ姿の自分が一銭も持っていないのがわかったから、やるしかない。

──金も無いし、このまま逃げちゃおう。どうせ夢だし。

そう考えた時、誰かの声が頭の中に飛び込んできた。唐突に、けれど、はっきりとした言葉として。

──もうあんな事はしないと約束して。でなければ私……。

「な、なんだ？」

慌てて周りを見回してみたが、そこには誰もいない。けれど空耳ではない。毅然とした女の子の声が確かに聞こえたのだ。

「あんな事？　あんな事ってなんだよ？」

意味がわからない。けれど、なぜかその声に抗《あらが》えないものを感じ、元の寝間着へと着替えると試着室を出た。

すぐに駆け寄ってきた店員には、お金を忘れたからと一言謝り、店を後にした。

そしてまた、行く当てもないまま歩き出す。交差点、信号待ちをする車からも向けられる好奇の目、視線が合い気まずそうに目を逸らすドライバー。あの眼鏡のおじさんって誰かに似ているな、ふとそんな事を考えてしまうほどリアルに認識できる。まるで現実のようだ。

「しかし、これが夢だっていうんだから、すげえや。超リアル。普通に暑いし、疲れるし。それに、いつまでたっても覚めやしない」

　そんな独り言も騒音に消され、誰の耳に届く事もない。

　その時、生温い風が頬を掠《かす》めていく。風の運んできた微かな潮の香り。自分はどこへ向かっているのか、その答えが唐突に頭に浮かぶ。

　ちょうど前から歩いてきた、小さな子供を連れた若い母親に声を掛けてみた。

「あのさ、海へ行きたいんだ。海へ行くにはどうしたらいいかな？」

「海？　海浜公園ならこの道を真っ直ぐ下ると国道に出るから、そこを右に曲がってしばらく行くと見えてくるわよ。浜辺に出たいのなら、あとは公園沿いに真っ直ぐ進めばM浜。でもあなた、歩いていくつもり？」

　真っ昼間の町中に寝間着姿の少女。その奇異な様子に戸惑いながらも、平静を装い母親は答えてくれた。けれど警戒しているのだろう、そっと子供を自分の背に隠した。

「そのつもりだけど？」

「歩いてだと、かなりあるわよ？　バスがあるから、それで行ったほうが良いと思うけど」

「バス、か。おばさん、金、貸してくれないよね？」

「え？」

「あ、いや。何でもない。それとさ」

「……」

「オレ、女の子に見えるよな？」

母親はギュウと子供の手を強く握る。

「あなた、女の子でしょう？　違うの？」

「あ、いや、そう、なんだけど」

自分を睨む母親の視線。「えーっと」、なんとも居たたまれない空気に視線が泳ぐ。

慌てて母親に軽く会釈をして、海を目指し歩き出した。

なぜ海なのか自分でもわからない。けれど確かなのは、海に行きたい、という事。


バスは割合頻繁に走っているようで、炎天下、汗を流しながら歩いている脇を何度も通り過ぎていく。その度にうらめしそうにバスを睨みながら歩き続けた。

若い母親の言った通りしばらく坂を下ると、片側三車線もある広い国道に出たので、そこを右に曲がりしばらく歩く。すると背の高いビル群が左手に見えてきた。車の往来は相変わらず多いが、歩いている人はあまりいない。

幾つかの交差点を越えると公園の入り口があり、中へ入り園内を進んでいく。けれどいくら進んでも一向に海は見えてこない。公園の脇には大きなマンションやビルが延々と立ち並んでいる。

――なんなんだよ、ここ？　ただの都会の公園じゃん。海なんてあるのかよ？

いい加減に嫌気がさしてきた時、再び目の前を広い道路が横切り、見上げるとM浜と書かれた看板をようやく見つけた。疲れてはいたが思わず早足になる。

道路を横切り広い駐車場と広場を抜けると、背の高い緑の帯が左右に伸びていた。その防砂林に入れられた切れ込みのような通路を歩いていくと、木々の隙間からキラキラした光が見えてきた。

林を抜けた先には砂浜が広がり、太陽の日差しが降り注ぐ海は眩しく輝いていた。

――海だ。やっと着いた。

そこはかなり広い砂浜だが泳いでいる者はなく、散歩する人の姿をチラホラと見るくらい。夏だというのに静かに波が寄せているだけだ。遊泳禁止の看板が目に留まる。

スリッポンを脱ぎ捨て、裸足で波打ち際に近づく。右手には延々とビルの連なる陸地が、海をグルリと囲むように続いている。遠く対岸には工場群の煙突が、夏の湿った空気の中霞んで見える。

そこは大きな湾に面した人工の砂浜のようだった。

――この海は、違う。オレの行きたかった海じゃない。

少しガッカリとし、砂浜に腰を下ろした。体も疲れ切っている。それでも体を舐めていく風からは潮が薫る。胸の奥にまで届くように、深く息を吸い込んでみる。

　ここではない海。ならば自分はどんな海に行きたかったのだろう。いくら考えてみても何も思い描く事もできず、一つの言葉すら浮かばない。ため息をつき、ただ海を見つめるしかなかった。

　遮るもののない夏の砂浜は日差しが強く、額に浮かぶ汗はなかなかひかない。さっき抜けてきた公園に陽を避けられそうなガゼボがあったのを思い出す。あそこで休もう。痛む体を引きずるように、来た道を戻って公園へと向かった。

　ただ木が立ち並ぶだけの広い公園。遠慮せずガゼボのベンチに寝そべり目を瞑《つむ》る。陽も遮られ、思った通りなかなか快適だった。吹く風は弱く湿ってはいるが、火照り疲れた体を休ませるには充分で、何より気持ちが落ち着いてくる。

　ウーンと唸りながらグンと伸びをする。「痛てて っ！」右脇が激しく痛む。その拍子に、つま先に何かが当たりポトリと地面に落ちた。

　何だろうと、それを手に取ってみる。それは、手の平に収まるくらい小さな黒い箱。丸いスイッチが二個と、数字の書かれた目盛りのようなものが目に留まる。

　スイッチを押したり回したりしているうちに、ボンという音がして、すぐにザーという波の音へと変わった。

　——これ、ラジオだ。

それはチューニングと音量が回転式の、古ぼけたポータブルラジオだった。電源が入ったのが不思議なくらい薄汚れ、プラスチックのボディには割れもある。

全く馴染《なじ》みのない古いタイプのラジオで、使い方がよくわからない。それでもしばらくいじっているうち、ダイヤルの一つがチューニング用らしく、クルクルと回す事で、澄んだ音が綺麗に入る場所がある事に気付いた。

チューニングが合わないと、ザーという波の音。澄んだ音を探して少しずつスイッチを回す。きちんと調音すると波音は消え、音楽や人の声が聞こえる。

——汚ねぇけど、壊れてはいないな。

チューニングが合いクリアな音を見つけると、なんだか嬉しく気持ち良い。アナログなラジオの操作に夢中になる。小さな箱から聞こえる様々な音。

そして小気味の良い音楽の流れる番組を選ぶとラジオを耳元に置き、再びベンチに寝そべり目を瞑った。

爽やかな歌、時折ＤＪの軽やかな話、そしてまた違う歌。何となく微睡《まどろ》んでくる。

そうしている間に寝てしまったのだろう、気が付くと番組が変わっていた。聞こえてくるのはつまらないニュースばかり。また別の音を探してみた。

——あれ？

一か所、無音となる場所を見つけた。チューニングが合っているはずなのに音がせず、シンとした静寂を届けている。よく耳を澄ますと遠いところでクスクスという、少女の笑い声が聞こえた気がした。

なんだろう？　不思議に思い、ラジオのスピーカーに耳をあててみる。

『ハロー、わたしラジオガール』

「うわっ！」

突然、耳元で大きな声。驚いてラジオを落としそうになる。

『わたしの声が届いたのなら、返事をしてみて』

ラジオから聞こえる、少女の澄んだ声。

ようやく捉えた音。それがまさか自分に問われているとも思えず、ラジオのチューニングダイヤルに手をやる。

『だめよ、チューニングを変えちゃ！　あなたよ、あなたに聞いているのよ。わたしの声、届いているのでしょう？　返事をしてよ』

――え？　返事？　ラジオって、そういう事、できるんだっけ？

「えーと、オレ？　オレに話しかけてる？　もしかして？」

『そうよ。あなたの他には、誰もいないでしょう？』

「なんで？　なんでラジオから話しかけられるんだよ？　オマエ、誰？」

『わたしは、ラジオガール。わたしの声は、わたしの周波数に心を合わせてくれた人だけに届くのよ』

ラジオの向こう側から話し掛けてきた声。そんな不思議な出来事に驚いたものの、やはりまだ夢の中にいるのだと合点がいった。

ラジオガールと名乗る少女の声は、なぜかとても明るく楽しげだ。

『あなたの事、待っていたのよ。ずっと』

「オレ、オマエの事なんて知らねぇよ」

『それはそうよ、出会ったばかりなんだから。けれど、わたしはあなたを待っていた。わたしに心を合わせてくれる、あなたを。そして、あなたもわたしを求めた。だからこうして出会えたのよ』

「待ってた？　求めた？　意味わからないんだけど？　まぁいいか、どうせ夢なんだし」

『夢、そう思うのは仕方ないけれど、あなたは夢の中にいるのではないわ。わたしとこうして話しているのは、現実の世界の事。あなただって思っているんじゃないの？　夢にしては変だと』

慌てて周りを見回してみる。生い茂る木々、足元にはしっかりと地面がある。見上げた空には飛行機が大きな音をあげながら横切り、少し先の遊歩道をジョギングする人の姿もはっきりと見える。

　何一つおかしなところはない。

　――これが夢じゃないっていうなら、おかしいのはオレの頭のほうだ。

『けれどなぜそこにいるの、あなた？』

「そこ？　何だよ、そこって？」

『そこ、その子の体よ』

「体？」

『その体は、あなたのものではないでしょう？』

　この体は自分のものではない。今まさに感じている違和感を言い当てられ、ドキリとした。

「オマエ、何か知ってるのか？　この体って、やっぱ、オレのもんじゃねぇのか？」

『あなた、自分の名前、言える？』

「自分の名前……」

　やはり答えられない。

「さっきから思い出せないんだ」

『違うわ。思い出せないんじゃない。ないのよ、今のあなたには名前が』

「ない？　どういう事だよ？」

『そのままの意味。あなたには思い出す名前がない。まだ何者でもない者には、名前なんてないのは当然でしょう？』

「じゃあ、オレって何なんだよ？」

『そうね、強《し》いて言えば、生まれたばかりの赤ちゃん、かしら』

　古ぼけたラジオが届けているとは思えないほど、その声は美しくよく通る。そしてそのよく通る声でまるで当たり前のように、わけのわからない事を次々と告げる。段々と腹がたってくる。

「オレが赤ん坊？　ふざけんなよ！　確かに名前も何も思い出せないけど、オレは赤ん坊なんかじゃない」

『ならはっきり言うわね。あなたは肉体を失った魂なの』

「なんだ、それ？」

『肉体、器と言い換えてもいいわ。魂には入るための器が必要なの。人は魂と器があって、初めて人と言えるのよ。わかるかしら』

「まぁ、なんとなくはわかるけど」

『いるべき器を失ったあなたは、魂となり新しい器を求めた。そしてあなたはその子の肉体を新しい器として選んだ。だからあなたは、生まれたての赤ちゃんと一緒』

「肉体を失ったって、じゃあ、オレは死んでいるって事かよ？」

『そうね、あなたは死んでいる。正しく言うと、あなたの肉体は、だけど』

「ふざけるなよ。死んでいるなら、なんでこうやって喋れるんだよ？」

『肉体を失った魂は、生まれたばかりの空の器に入るもの。魂は新しい器に入ると、かつて生きていた時の古い記憶は必要がなくなり、いずれ捨て去ってしまう。ところがあなたが選んだのは成熟した器。本当の持ち主がいるその器は空っぽではなかった。だから器に入りきれなかったあなたの魂には、僅かながらも以前の記憶が残ってしまった。今、あなたが認識している自分は、魂に残った記憶の欠片。その欠片が完全に消えないうちは、あなたはあなたであり、そうやって考え、話す事もできる』

「さっき言っただろう？　オレがオマエを求めてたって？　それはどういう事だ？」

『わたしを求めるのは、零れ落ちそうな心。自分の心を持て余していると、魂は肉体から零れ落ちてしまいそうになる。そんな魂こそが、わたしの魂の周波数と波長を合わせることができるの。わたしを求め、ラジオを手に取り、耳を傾ける。わたしもそんな魂と出会うため、ずっと待っていた。そして出会った。器から零れ落ちそうなあなたの魂の波は、広い大気の海からわたしの波を求め、ラジオの周波数を合わせた』

「そんなバカげた話、信じられると思うか？」

『なら聞くけれど、あなた、自分の事をオレだなんて、まるで男の子みたいだけど？』

「自分では男のつもりだ」

『でも、体は女の子。その体は自分のものじゃないって、あなた自身、そう感じているはずよ？　でもそれは正しいの。だってその体は、あなたのものじゃないのだから』

「そんな事がなんでオマエにわかるんだよ？　オマエ、一体何者？　どこかにいるんだろ？　どこかでオレの様子を見ながら笑ってるんだろ？　もうからかうのは止めて、オレの前に姿を見せてみろよ」

『それは無理よ。だってわたしはラジオガール。人に届くのは、わたしの声だけ』

「だから、ふざけるのもいい加減にしろよ」

『ふざけてなんかいないわ。全部本当の事。わたしもあなたと一緒、魂だけの存在。わたしに肉体はない。わたしの魂の器は、この小さなラジオなの』

そしてラジオガールは、ゆっくりと語り始めた。

まるで歌でも詠《うた》うように。

わたしの声が届くのは　誰にでも　というわけではない
この古いラジオを見つけ　手に取り音を探した者の
心に届く周波数　わたしの心の周波数

わたしを求め震える心　わたしの心と重なり合う
魂は波とよく似ていて　正しく揺れる波頭をつくる
揺れる波頭はあなたの心　あなたの心の周波数
魂ごとに同じもの無き　正しく揺れる波の連なり
この広い大気には　そんな数多《あまた》の魂が揺れ
うねり重なりそれは海　まるで大海　魂の海
今でもいつでも無数の人の　魂の波　果てなく揺れる
その海にただ魂委《ゆだ》ね　わたしもずっと揺れていた
魂は揺れて旅をする　果て無く揺れる大気の海を
自らにこそ相応《ふさわ》しい　器を求め旅をする
見合い引かれる器を求め　大気の海へ旅に出る
人は人で獣は獣　相応しいのは似た器
綺麗な心は綺麗な器　穢《けが》れた心は穢れた器
器を見つけ魂を入れ　そこで新たな命を掴む
命を得ると記憶は邪魔で　心の奥へ深く沈める
海に揺られるわたしの魂　新たな器にラジオを選ぶ
声を届けるただ待つだけの　無機質のこんなラジオを選ぶ

体を持たぬわたしは未《い》だ《ま》　器を得ても揺られる小波
ラジオに繋ぎ留められて　大気の海で揺られているまま
揺れて揺られて同じく揺れる　誰かの波と同化する
魂は揺れて重なりあって　少し大きな波へとかわる
一つの波は心も一つ　隠し事ない一つの心
あなたの波はわたしを求め　わたしの波と重なった
だからわたしは揺れてる心　あなたの心の秘め事を知る
ハロー、わたしラジオガール

——信じていいのか？　このラジオガールの言っている事を？　けれど、今オレが頼れるのは、きっとこいつだけだ。それが求めている、そういう事なのか？

「オレの魂は、この体に入りきれてないって事なんだな？　だからオマエの声が聞ける」

『そう』

「じゃあオレは何だってちゃんと入る事もできないような、こんな中古の入れ物なんて選んじまったんだ？」

『それには、きちんとした理由があると思う』

「理由？　でもオレはこの子の事なんて、何も知らない」

『けれどわたしには、あなたが偶然その子の体を見つけ、その中へと入ってしまったとは考えられない。その子の体を器に選んだのには、あなたの強い意志があったはず。その子の事は、知らないのではなく忘れてしまっているだけ』

少し考えるように、ラジオガールは黙り込む。風が少し強くなってきたのか、公園の林を揺らす風音が少し耳障りに感じる。

『考えてみて。その子の体は、魂が零れ落ちてしまった空の躯《からだ》だったから、あなたは入る事ができた』

「オレはこの子が空っぽなのを知ってたから、この子をわざわざ探して中に入ったって事なのか？」

『そうね。もしくは、あなたの魂がその子を何かしらの理由で探したけれど、見つけた時にはすでにその子の体は空だった。そうとも考えられる』

「死んじまった魂が、自分の意志で誰かの元に行くなんて事、できるのか？」

『肉体を失ったばかりの魂は、生きていた時の記憶をきちんと持っていて、大気の波に乗り、望む場所へも行ける。時に人に呼ばれる事もあるし、人の思いにずっと繋ぎ留められる事もある。それに、生きている人の強い思いも波となって大気を揺らす事があるのよ。遠くにいる魂にも伝わる、大きな波となって』

「オレがこの子に呼ばれたって事もあるわけだ。だったらオレが誰かを知ればこの子が誰かもわかるかもしれないな」

『そうね。でも、あなたが誰かを知る事は簡単ではないわ。今のあなたは、自分の名前すらわからないのだから』

「オマエはオレよりもオレの事がわかるって言っただろう？　だったら教えてくれ。オレはこの子の体に入って、何がしたかったんだ？」

『その子を探し、何をしようとしたか？　それはあなたの記憶にしまわれている事。心の底に沈められてしまった記憶を辿る事はできない。わたしにできるのは魂と同調すること、伝えられるのは魂の言葉。だからあなたの心の内にある、怒りや悲しみ、喜びや幸せとかは感じ取る事はできる。心に残されている心象なら見える』

「シンショウ？　なんだ、それ？　それで何かわかりそうか？」

『心象は心に描かれるイメージや記憶。例えば印象強く残る風景、人の顔。でもそこからは、あなたの名前や住んでいた場所を特定する事は難しいでしょうね。それはあなたのものであって、わたしには初めて見るものばかりだから』

「それじゃ、いくらそんなものが見えたって、なんの役にも立たないじゃないか」

『けれど、他のものを失ってなお、あなたの心に残ったもの。きっとそれは、あなたにとって、とても大切なものだったはず』

人が生まれ変わるために消してしまう過去の記憶。けれど、消えずに心に残ったもの、大切な記憶の断片。

「いったいオレには何が残されているんだ、教えてくれ」

『見えるのは海。広くて長い砂浜のあるその海には、ゴツゴツした岩礁や小さな港がある。その海に沿うようにある、小さな町。そこには大きなお店はなく、数軒あるお店もシャッターを下ろしたまま、人通りはとても少ない。それと、あなたにはとても慕っている年配の男の人がいるみたい。その家にはたくさんの自転車やバイクが。可愛らしい女の子の姿も見える』

一瞬のうちに、頭に小さな海沿いの町の風景が浮かんできた。

冬の冷たく湿った風。夏の潮臭くベタつく空気。そして……。

――そう、多分そこが、オレの求めていた海だ。

『そして、その女の子は、今のあなたと面影が重なる』

「話を聞いただけで胸が疼《うず》くような気がする。もしかしてこの子は、オレの妹とかだったのかもしれない。何か、他には見えないのか？」

『見えるのは、今言ったものだけよ』

「それと、オレは死んでいるんだよな？　どうして死んだんだ？」

『それはわからない。でも、あなたはとても悲しみと後悔を抱えている。何かやり残した事があって、それに心は大きく揺さぶられている』

――悲しみと後悔？　死んだオレは何をやり残したというんだ？　そして、この子の魂はなぜ体を離れた？　そして何処へ行ったんだ？　それはきっと、オレが知らなければいけない大切な事だ。

「オレがこの体から抜け出てしまうと、この子はどうなる？」

『魂のない躯は、ただ生きるだけ。意志を持たない植物のように』

「それは可哀そうだ。ちくしょー、どうすりゃいいんだ」

『でもね……』

ラジオガールの声が弾んだ。

『確かにあなたが誰かがわかれば、その子が誰かもわかるかもしれない。けれど、それって逆に言えば、その子が誰かがわかれば、あなたが誰かもわかるって事でしょう？』

「あ、そうか」

『名前もわからない、容姿も知れない、しかも、すでにこの世にいない。そんなあなたを探すよりも、少なくとも肉体はきちんとここに存在しているその子を探すほうが、ずっと簡単なんじゃない？』

ラジオガールに促されるまま、とりあえず、近くで人が多そうな場所へと向かう事にした。もちろん、手にはラジオを持って。

寝間着のままお金も持たず町を彷徨《さまよ》っていたという事は、この子がいた場所は歩いて行ける場所のはず。痩せて顔色が悪い上に、体に無数の痣や傷があるのは、病院に入院していたのではと想像もできる。そこが自宅なのか、病院なのか、いずれにせよそんなに遠くではないだろう。ならば町中を歩き回れば、なるべく人目につくようにすれば、この子を知る誰かに出会えるかもしれない。

『とりあえずあなたはその子の肉体に入り込む事ができたし、突き放される事なく、なんとかしがみついていられる。あなたが死んでしまっている事と、その子の魂が肉体から離れてしまった事、それも何か関係があるのかもしれない。どんな形かはわからないけど、あなたたちの魂は繫がっていた、そう考えたほうが自然じゃないかしら』

「オレとこの子が付き合っていたとか？」

『そうだとも違うとも言えない。魂、いえ、心と言い換えたほうがわかるかしら。心が繫がるというのは、なにも恋人同士でなくてもいい。兄弟でも友だちでも、たとえ会った事がなくたって、心が通じ合うと感じる事はあるでしょう？　それが繫がる、という事』

「心が繋がっていた……。だったら、少しくらいは覚えていたっていいのにな、この子の事」

『仕方ないわ。新しい器を得た魂にとって、古い記憶は邪魔ものでしかないから。すぐに忘れてしまうのが普通なのよ』

「割と人間の魂って冷たいもんなんだな」

『せっかく新しく生まれ変わっても、前に生きていた時の記憶が残っていたら、それこそ残酷な事なんじゃない？』

「ま、言われてみれば。その前の自分てのは死んでるわけだしな」

『それと、お願いなんだけど』

ラジオガールの声は、少し不満そうに尖《とが》る。

『わたしの事、オマエって呼ぶの、やめてくれる？』

「何でだよ？」

『オマエだなんて幾らなんでも、初対面の女の子に対して図々し過ぎやしない？』

「じゃあ、何て呼べばいい？」

『どうしようかしら。だったらそう、ルミエって呼んで』

「それが元々のオマエの名前なのか？」

『どうなのかしら？　わたしも自分の事はあまり覚えてなくて。けれど、ルミエという言葉はわたしにとって大切な言葉の一つ、そんな気がするの。それとあなたの名前もないと不便でしょう？　メルではどう？　海、という意味なんだけど』

「メル？　なんだそれ、女みたいだな」

『だって、今のあなたは女の子なのよ？』

「ま、いいよ、それで」

『じゃあ、よろしくメル』

「うん、よろしく、えーと、ルミエ？」

『そう、ルミエ。それとメル、あなた、自分の事、オレって言うの止められない？　あなたって見た目はとても可愛らしいのよ。そんなあなたがオレだなんて、どうにもしっくりこないのよね』

「自分の事、ワタシ、なんて言えねぇよ。体中がくすぐったくなりそうだ」

『なら仕方ないけど』

　二人で笑い合う。こうしてルミエと話している事で、ずっと感じていた不安が今はすっかり和《やわ》らいでいる事を感じた。むしろ胸が躍るような気さえする。

　そして、ルミエも声を弾ませ言った。

『じゃあ、行きましょうか。あなたを探す旅に』

そうして始まった、不思議な旅。

誰かに見つけてもらう。目的ははっきりしている。けれど、まったくの人任せ。とりあえず、こんな人気の少ない公園にいても沢山の人に会えるわけでもない。けれど、そもそも自分が何処にいるかもわからない。とりあえず二人は、海とは逆方向に、真っ直ぐ歩いていってみる事にした。鉄道、高速道路の高架をくぐり、どんどん進む。大きな道路を越えるとなだらかな坂道になり、そのうち道が急に細くなり民家と小さな商店が増えてきた。

赤いのれんがぶら下がる中華料理店から、美味しそうな匂いが漂ってくる。大好きな匂い。その途端、グゥーとメルの腹の虫が鳴いた。

——そういえば朝から何も食べていない。ていうか、オレが最後に飯食ったのっていつなんだろう?

「やべぇ、スゲー腹減ってきた。あぁラーメン食いてぇー」

『やっぱりあなたって、どこかの病院に入院でもしていたのでしょうね。それにきっと長い事、ちゃんとした食事をしていなかったのかも。あなた、本当にガリガリだもの』

「腹減り過ぎてもう歩けない。立ってるのもツライ」

しかし、何か食べようにも一円もお金を持っていない。心底ガッカリする。しかも服は寝間着のまま。足も合わないスリッポンを履いていたせいか、赤く擦り剝けて痛い。それに人通りも多くなり、流石《さすが》に人目が気になる。いつまでもこのままの恰好でいるわけにもいかなくなってきた。

どうしたらよいかと考えていたところへ、歩道をゆっくりと歩くおばあさんの姿が見えた。暑いせいなのか、どこか具合が悪いのか、化粧品店の店先に作られた花壇の縁に腰を下ろしてしまう。肩からはバッグを提げ、手には大きな荷物も持っている。

あれでは辛くなるのも当たり前だ。メルはおばあさんの元へ向かう。その時、また心の中へさっきと同じ少女の声が響いた。

――もうあんな事はしないと……。

メルは、ハッとして周りを見回した。

「またか、おせっかいな声だな。いったい誰なんだよ」

そう嘆くメルに、ラジオからもルミエが問いかける。

『メル、あなた、変な事なんて考えていないでしょうね？』

「なんだよ、ルミエもかよ。あんなばあちゃんから物盗ったりなんてしないって」

不貞腐《ふてくさ》れながらおばあさんに近づき、顔を覗き込んだ。少し青白く辛そうだ。

「ばあちゃん、どうした？　具合悪いのか？」

　おばあさんは顔を上げ、メルの奇異な恰好に少し驚いた顔をしたものの笑顔で答えた。

「ちょっと疲れただけなのよ、ありがとう。これくらい持って帰れると思ったけれど、やっぱり駄目ね」

　手にしていた買い物袋は、結構な量の買い物をしたようで、パンパンに膨れていた。

「貸してみろって」

　メルはおばあさんからそれを受け取ると、笑顔を向けた。

「めちゃ重いじゃん。こんなのばあちゃん一人じゃ無理だって。オレが家まで持っていってやるよ。家、どっちなんだ？」

　連れ立って歩き始めたおばあさんは、小柄なメルよりもさらに頭一つ小さく、体を揺らしながら歩くその姿は、やはりかなり具合が悪そうに見える。

「ばあちゃん、やっぱどこか痛いところあるんじゃねぇのか？　そうだ、オレがおんぶしてやるよ」

「ありがとう。足が悪いのは昔からだから。でも、そんなにたくさん荷物を持って、あなたこそ大丈夫？　それに怪我してるんじゃないの？」

　改めて自分の体を見てため息が出る。

——こんなガリガリの上に袖口から覗く腕には酷い痣。これじゃ同情されても仕方ないかもな。

案じていた通り、人を背負うどころか手にした荷物すら重く、右手へ左手へ、何度も持ち替えながらようやくおばあさんの家へ辿り着いた。

商店街を曲がり住宅地へ入り十分は歩いただろうか。そこは小さく古い住宅が多く立ち並ぶ地域で、おばあさんの家も狭い路地の奥に建つ青い瓦屋根の木造の家だった。今時珍しい引き戸を開け玄関先にようやく荷物を下ろすと、メルは思わず座り込んでしまう。

「あー、疲れた。いつも買い物の時、こんな重いもの、自分で持っているのか？」

「今は一人だからね、仕方ないのよ」

「配達とかしてもらえばいいじゃん？」

「そうよね。でも、そうやって人に頼むのに慣れてなくて」

メルが汗を拭っていると、おばあさんは家へ上がるよう勧めた。

「もし良ければ、お茶でも飲んでいって頂戴。本当に助かったわ」

居間に通されたメルは「おじゃまします」と小声で挨拶し、座布団に座った。

「古い家だし散らかっていて、ごめんなさいね」

そう言われたものの、確かに家は年季の入ったものだが、室内は綺麗に整頓されている。

メルが通された茶の間には、六畳間に似つかわしくない大きな仏壇があった。帰ってすぐにおばあさんのあげた線香が、細く白い煙をくゆらせている。

そこには二つの位牌《いはい》、古いものと新しいもの。長い髪を二つに結った可愛らしい少女と、白髪のおじいさんの写真が並んで飾られていた。少女の微笑んでいる目元には、おばあさんの面影が重なる。

そして、おじいさんは……。

「ばあちゃん、一人暮らし、なんだよな？」

「ええ、そうなのよ」

「じゃあ……。いや、何でもない」

目の前に菓子の盛られた盆が出されると、メルは最初こそ遠慮がちに、後はむさぼるように、出されたお茶と菓子をアッという間に平らげてしまった。

その様子を目を細めながら眺めていたおばあさんは、今度は煮物と炊き込みご飯を台所から持ってくると食卓に並べた。メルは思わずゴクリと喉を鳴らしてしまう。

「口に合うなら食べていって。お腹すいているんじゃないの、あなた」

「いいのかホントに？　オレ、遠慮しないぞ？」

メルは自分でも驚くくらいに食べた。ご飯を茶碗に三杯食べ切ったところで、ゴロリと床に転がってしまった。

「もう食えねぇ、ごちそうさま」

「お粗末さま。すっかり片付けてくれて助かったわ。でもあなた、こんな時間に学校はどうしたの？」

「学校？」

「お手伝いしてもらえて有難かったけれど、あなた、中学生でしょう。こんな所で時間を潰していては、いけないわよ」

「そうか、中学生なら学校へ行ってる時間か。実はさ、オレ、全くわからないんだ。自分が誰なんだか。名前も住所も何もわからない。だから学校がどうのこうの言われても、どうしようもないんだよ。ふざけているわけじゃないんだぜ？」

おばあさんは少し驚いたようだったが、特に咎《とが》める事もなく黙って聞いていた。

「あとさ、オレの事、女の子だって思うだろう？　でも本当はオレ、男なんだよ。気が付いたら女の子になっていたんだ。変な話だけど本当の事なんだ」

「だからあなた、言葉遣いが男の子みたいなのね」

「信じてくれるのか？」

「だって、そうなんでしょう？」

「あぁ、うん」

「あ、そうそう、ちょっと待っていて」

そう言うとおばあさんは奥の部屋へと向かった。


その時、ずっと黙っていたルミエがメルに声を掛けた。

『ねぇメル』

「何？」

『あなたにも見えるの？　そこにおじいさんがいるの』

「あぁ、見える。でも、なんか変っていうか。これ、どういう事？」

『そうか、やっぱりあなたは見えるのね。おじいさん、最近亡くなったみたいなの』

「じゃあ、今そこにいるじいちゃん、死んでるのか？」

『そう。おばあさんはとても気落ちしていて。もしかしたらって、おじいさん、とても心配しているのよ』

「心配って、まさかばあちゃんが死ぬ気だって事？」

『あのね、この家におじいさんの書斎があるはず。そこにおじいさんの残した手紙があるの。生前に書いたのだけれど、おばあさんに渡す事ができず、机の奥にしまわれたままになっているみたい』

「それをばあちゃんに言えばいいのか？」

『そう。とにかくその手紙がおばあさんの手に渡ることを、おじいさんは強く望んでいる』

そこへ手にいっぱい衣類を抱え、おばあさんが戻ってきた。

「あのね、古くて申し訳ないんだけれど、この中で気にいったものがあったら、あなた、着ていきなさい。いくらなんでもそんな恰好で外を出歩くのはどうかと思うわよ」

おばあさんが持ってきたのは、数点のブラウスやワンピース、カーディガンなどだった。

古い物もあるようだが、まるで手を通した事がないみたいに綺麗で、タンスの奥から引っ張り出してきたようには見えない。

それと、おばあさんが持ってきたのは沢山の衣類だけじゃなかった。

おばあさんの側に寄り添うのは……。

「これって、その子の？」

「その子？　これ、娘のものなのよ。なるべく新しいものを選んでみたんだけど」

「オレが、着ていいの？」

「もちろんよ。けれど、少し大きいかもしれないわね。あなたに合いそうなサイズのものは古くて傷んでしまっているのよ。あぁ、でもあなた男の子だったわね。だったら女の子の服は嫌かしら？」

「いいよ。仕方ないじゃん、見た目は女なんだし」

おばあさんにそう答えつつ、メルは小声でルミエに尋ねた。

「いいのか、本当に？　これって、あの子のなんだろう？」

『いいみたい。あなたに着てもらえる事を喜んでいるわ』

その言葉を聞くと、メルはパジャマを勢いよく脱ぎ捨てた。露《あら》わになる体の痣、傷。

おばあさんはかなり驚いたようだったが、あえて何も言わずに見立てをしてくれた。

「あなた、小柄だし可愛らしい顔をしているから、あまり大人っぽいものは似合わなそうね。これはちょっと地味？　これではデザインが古臭いし」

ようやく決まったのは、シンプルな紺色のプリーツスカートに、大きな襟のついた白いブラウス。

「でもさ、これだと足出ちゃうから、痣とか見えちゃうんじゃね？」

「だったら、ストッキングがあるわ。そうすれば大分目立たなくなるから」

メルは初めて着るスカートの感覚に、思わず顔を赤らめ叫んだ。ストッキングの履き心地も、なんとも気持ちが悪い。

「ひゃー、ケツがスースーする。それに、なんか滅茶苦茶恥ずかしいんだけど」

「良く似合ってるわよ。でもやっぱり、サイズは少し大きいみたい」

「いいよ、外は暑いから、緩いくらいがちょうどいいよ」

「あと、これも羽織ってみるといいわ」

薄手の白いカーディガンを、そっと肩にかけてくれた。袖を通すと腕の痣や傷も隠せる。

満更でもなさそうに、グルリと回り着心地を楽しむメルの様子に、おばあさんも満足気に頷いた。

「あら、まぁ。避暑地の別荘で過ごす、名家のお嬢様みたいよ。素敵」

「ホントにもらっちゃっていいのか？」

「えぇ、そうしてもらうと嬉しいわ」

そんなおばあさんに、メルは多少遠慮がちに尋ねた。

「あのな、ばあちゃん、この家にじいちゃんの書斎ってある？」

「ええ、あるけれど」

「そこに連れていって欲しいんだ」

そこは書斎と呼ぶには小さい、部屋の一部に机を置きその周りに本棚を並べて造られた、人ひとりがやっと座れるくらいのスペースだった。

けれど綺麗に整頓された机周りや書棚は、亡くなったおじいさんの性格を窺わせる、温かで落ち着いた雰囲気がした。

『そこ、その机の右の引き出しの一番下。封筒に入った手紙があるっておじいさんが言っている。白い封筒』

ルミエの声に言われた通り引き出しを開け、ビッシリと入ったノートや手紙の束の中から、何の変哲もない白い封筒を見つけた。宛名には、信枝《のぶえ》へ、と達筆な文字で書かれていた。

黙って見ていたおばあさんに、その手紙を手渡す。

「これ、じいちゃんから。最近死んだんだってな。でも、今でもばあちゃんの事を心配して、すぐ側にいるんだよ、じいちゃん。それに……」

『ダメ、メル。それは言わないであげて！』

ルミエの大きな声。メルはドキリとしておばあさんの顔を覗き込んだが、特に驚いた様子はない。ルミエの声が自分にしか届いていない事を思い出し、ホッとする。

「驚いた、あなた、死んだ人とお話ができるの？」

「いや、オレは話はできない。相棒から聞いた話を伝えてるだけだ。でも、オレも話せはしないけど見る事はできるんだ。オレにもそこに座っているじいちゃんが見える」

メルはラジオを手に掲げた。

「嘘みたいだけどオレの相棒はこの中にいて、死んだ人間の魂と話せるんだ。じいちゃん、その手紙が渡せず、ばあちゃんも全然気付かないし、ずっと困ってたらしい」

おばあさんは、そんな突拍子もない話にも笑顔で頷き、黙ってその場に腰を下ろし手紙を開き読み始めた。するとすぐにおばあさんは涙を浮かべ、読み終わった時は小さく嗚咽《おえつ》を漏らしていた。

けれどメルの目には、悲しくて泣いているようには見えなかった。

「何て書いてあったんだ？」

おばあさんはゆっくりと話し始めた。

おばあさん夫婦には娘が一人いたが、その娘は高校に上がってすぐ、突然の事故で亡くなってしまう。夫婦共に三十を超えてからできた一人娘だっただけに、二人共にその悲しみを乗り越える事ができなかった。

高校卒業、大学入学、成人式、大学の卒業式、生きていれば普通に過ごせた人生の節目を、まるで生きているかの如《ごと》くお祝いしてきた。同じ年くらいの年頃の女性に娘を重ね、洋服やアクセサリー、流行りの音楽のＣＤなども買い揃えてきたので、今でも家の中は娘のものでいっぱいらしい。

「この服もそうなんだ？」

「そうなのよ。ごめんなさいね、何か、気分悪いわよね」

「そんな事ないよ」

「この手紙はね、自分がいなくなった後に私が寂しくないように、頑張って生きていけるようにと励ましてくれたもの。本当にあの人らしい」

「じいちゃんって、どんな人だったんだ？」

「とにかく真面目で、優しい人だったわ。趣味と言えば読書くらいで、僕は何も取柄《とりえ》もないからってよく言っていたけど、ずっと加奈子《かなこ》の事を忘れられずにいる私に、何一つ文句を言うでもなく寄り添ってくれた。でもね、手紙にはこんな事が書いてあったのよ」

おばあさんは手紙に視線を落とし、その一文字一文字を慈しむように指でなぞりながら、ゆっくりと読み上げていった。

◇◇◇

僕には君に謝らなければいけない事がある。

あの日から今に至るまでの、君と僕の重ねてきた時についてだ。

僕たちから加奈子を奪いとった、あの日の災禍。

君は加奈子を失った事を受け止められず、僕も加奈子の姿を現実の中に探し続けた。
僕たちは二人して、自分たちの前に在るはずだった幸福の幻影に縋《すが》っていたんだ。
僕たちにとって加奈子は、未来であり希望だった。
加奈子の死は、僕たちのすぐそばに大きな穴を穿《うが》った。
僕たちはその穴を、加奈子がいる仮想の未来で埋める事に躍起になった。
けれど、その穴は、埋まるものではなかったんだ。
僕たちがやるべきだったのは、山を積み上げる事だった。
新しい幸福の山を、積み上げていくべきだったんだ。
高くなくてもいい、君と僕、二人で積み上げる山だ。
けれど僕たちは、いたずらに穴を埋める事に執着してしまった。
それは僕の弱さのせいだ。優しさに諂《へつら》う、僕の弱さの。
すまなかった、自らが死に向き合う時まで気付けなかったなんて。
本当に、すまなかった。
でも、まだ遅くはない。
今度こそ、君一人で山を積み上げて欲しい。
加奈子と僕。二人の穿った穴の側に、山を積み上げて欲しい。
死とは肉体の終わりだ。

けれど魂の終わりではない、僕はそう信じている。

君もやがて天寿を全うする日が来るだろう。

その時、僕たちの魂は君の築いた山を目印に、君を探すよ。

きっと迷うことなく辿り着けるはずだ。

そして、再び出会い家族となる。

今度こそ、楽しい時間も悲しい時間も共有し、長い時を三人で過ごそう。

信枝、愛している。加奈子、愛している。

生も死も時も超え、僕たちはずっと家族だ。

◇◇◇

メルはおばあさんの前に腰を下ろすと、おばあさんの手を取った。多くの皺《しわ》の刻まれた手は痩せてカサカサで、少しだけ冷たい。

「ばあちゃん、もう死のうなんて考えてないよな?」

「あら、何でもお見通しなのね。でも、大丈夫。あの人の望みだもの、頑張って生きてみるわ」

「あのな、じいちゃんの言う通りなんだぜ。人間って死んだら魂になって、その魂はいずれ新しい体を見つけ新しい命になるんだ。その時、古い記憶は忘れられるけど、魂に刻まれた思いが全て消える事はなく、新しい命へと引き継がれるものらしい」

「それも、あなたの相棒さんのお話なのかしら」

「ああ、そうなんだよ。あと、こんな事も言っている。あまり死者に心を寄せ続けるのは良くない。もう悼《いた》む事はない、偲《しの》ぶ事で十分なんだと伝えてくれってさ。わかるか？　オレには何言っているのか、サッパリだけど」

　おばあさんは不思議そうにラジオを見つめると、そっと手を寄せてお礼を言った。

「ありがとう。本当にありがとう」

　もう行かなきゃ、そう言うメルを玄関先で待たすと、おばあさんは靴箱から幾つも靴を出してきた。スニーカー、ローファー、パンプス、ヒールまで。どれも真新しい。

「これも全部加奈子のために買ったものなの。まだ新しいから、好きなものを履いていって頂戴。サイズさえ合えば、なんだけど」

「じゃあ、これにする」

　上品なスカートには合わないかもしれないが、一番履きやすかったスニーカーを選んだ。

「ありがとう。ついでにオレが着てた寝間着と、このボロ靴、捨ててもらってもいい？」

　おばあさんは頷き再び奥に消えると、小さい包みを持ってきて、それをメルの手に握らせた。

開いてみるとその中には、一万円札三枚と数枚の硬貨が入っていた。

「お金が一円もなくては、不便するでしょう」

「貰えないよ。オレ、返せるあてがない」

「返さなくてもいいのよ、荷物を持ってくれたお礼。それに何より、あの人の最後の言葉を失わずに済んだんだもの。これはその感謝の気持ち」

「わかった。そういう事なら有難く貰っておく」

「自分の事、思い出せたらいいわね。けれど、もし思い出せず困った時は、このばあちゃんの事、この家の事を思い出して。私の名前は高原《たかはら》信枝。たいしたものはご馳走できないけど、いつだってお腹いっぱいにはしてあげますよ」

おばあさんには、お金を入れる財布と小さなポシェットまでもらった。

「ありがとう、信枝ばあちゃん」

玄関先で頭を下げるメルの肩を、おばあさんは優しく抱いてくれた。

おばあさんの家を出たメルは、バスを使いK駅へと向かう事にした。ここから近く、一番人の多い場所はどこかとの問いに、教えてくれたのがそこだったからだ。

徒歩圏内にショッピングモールもあり、海沿いのビル群で働く通勤客も多い。夕刻には多くの学生も利用している、この界隈では一番乗降客の多い駅らしい。

Ｋ駅に向かうバスは思いの外混んでおり、メルは吊革につかまり立ったまま外を眺めた。そろそろ小学校が終わる時間なのか、ランドセルを背負い歩く小さな子供たちの姿が見えた。

十分ほどで着いた駅は、まだ帰宅するには早いとあって利用客はさほど多くない。それでも小一時間ほどすると、ちらほらとメルと同じ年恰好の学生の姿も見られるようになってきた。

メルはなるべく人目を引きそうな、改札の目の前にあるショッピングモールの入口に立ってみる事にした。

自分を見つけてもらう。その目的のため。

けれど慣れないスカート姿で人前にいる恥ずかしさからか、ついつい俯き伏し目がちになってしまう。

『駄目じゃない、顔を上げていなきゃ。何のためにこんな所にいるのかわかっているんでしょう？』

「わかっているよ。でも、この格好、ケツはスースーするし、すぐに慣れるもんじゃねぇよ」

『もう、誰が見たってあなたは女の子にしか見えないのよ？　恥ずかしがる必要なんて全然ないの』

「ルミエにはわからないだろうけど、オレは人前で女装してる気分なんだぜ？」

そうやってルミエと会話するメルを、隣に立っていた女子高生らしい二人が横目で見ながら何かヒソヒソと話をしている。

もしやと思い、メルは思い切って声を掛けてみた。

「もしかして、オレの事を知っている？　あんたら、オレの知り合い？」

二人は突然話しかけられた事によほど驚いたのか、眉を顰め、知らない、と一言言うと、慌てて何処かへと走り去ってしまった。

「何も逃げなくたっていいのに」

『きっと、ブツブツ独り言を話す少し頭のおかしな女の子、くらいに思ったんじゃない？　私と話す時は、もう少し周りに気を付けたほうがいいわよ。あと、あなたのその言葉遣い、やっぱり変だと思われるわ』

「わかったよ、なるべく気をつける」

何もする事がないと、時間が経つのが何倍も遅く感じる。陽が暮れてからずいぶんと時間が過ぎ、もう外は真っ暗になっている。

駅の改札近く、一人で長いこと立ちっぱなしの少女。白い顔に痩せた細い手足。まるで何かを思案するように首を少し傾け、改札を通る人々をじっと見つめ続ける。

そんなメルの様子を怪訝《けげん》に思い視線を向ける者は多くいたが、声を掛けてくる者は一人もいない。すでに、駅を利用するのは社会人ばかりとなり、学生の姿はまばらになってしまった。

「いつまでこうしていればいいんだ？」

『誰かがあなたを見つけてくれるまでよ。こうやって待つだけなのが嫌だと言うのなら、他の方法もあるけど？』

「他の方法って？」

『警察に行く。あとは病院をあたってみるとか』

「それは嫌だ」

『なぜ？　そのほうが絶対に早いわよ。捜索願とか、出ているかもしれないし』

「嫌なもんは嫌なんだ。理由なんて、わからねぇけど」

本当に理由はわからなかった。けれど、警察にも病院にも行きたくない。

それは意図せず感じる、例の声と同様に気味悪い感覚だった。やはり抗えない。

「あのさ、こんな格好でうろついていたなんて、どこかから逃げてきたとは考えられないか？　そこがスゲー居心地の悪い所だったりして？　こんな体だぜ、何か虐待とかあってさ？　だから、警察や病院をあたるのは最後の手段だ」

何とか自分の感情に理屈をつけたくて言ってはみたが、なんとなく、それらしく感じないでもない。

『じゃあ、こうしているしかないけれど？』

「わかってるって。でもまさかルミエは、オレにこのまま朝まで立ってろなんて言わないよな？　いつまでもこうしてたら、それこそ警察に補導されちゃうよ」

『そうね、そろそろどこか寝る所を探したほうが良さそう』

「ホテルとか？」

『あまり高い所だと、せっかくおばあさんに頂いたお金、すぐになくなってしまうわよ』

「じゃ、ネカフェにでも行ってみるか」

『何、それ？』

「知らねぇの？」

ところが、寝る場所を確保する事は容易ではなかった。

メルは学生証も身分証明書も持ち合わせていなかったから、ネットカフェもホテルも軒並み利用を断られてしまったのだ。都会ならまだしも地方の中規模の町では、明らかに未成年とわかる身元も明かせない女の子を、たった一人で泊めてくれるような場所など一つもなかった。

よほどおばあさんの家まで戻ろうかとも考えたのだが、結局メルは昼に行った海浜公園に行くと、例のガゼボのベンチにゴロリと横になった。園内は夜になったせいか余計に人が少ない。遠くで花火を上げている音と、若者のはしゃぐ声がする。

「この公園、駅からすぐだったんだな。あんなに歩いてバカみたいだ」

『でも、そのおかげで信枝おばあさんと出会えたんだもの、良かったじゃない。けれど、こんな所で女の子が野宿なんて、危なくないの？』

「オレだって、こんなトコで寝たくなんてねぇけど仕方ないじゃん。せめて、もっとジェンダーレスな服にしとけば良かったかな。でも、どれも女の子っぽくてカワイイ服ばっかだったし」

『信枝おばあさんが加奈子ちゃんのために選んだ服だもの』

公園の上に広がる空にも、星が幾つも見える。

見慣れていた夜空とは随分と見える星の数が違う気がする。それでも星の輝きは、不安な気持ちに静かな安らぎを与えてくれる。

「なぁルミエ？　オレにもばあちゃんの娘さんやじいちゃんの姿が見えたけど、あれって二人の魂なんだろう？　魂にも姿、形があるのか？」

『ええ。新しい器を得る前の魂には、生きていた時の記憶、思念のようなものが残っていて、それが魂の姿となるのよ』

「魂の姿か。それってもしかして幽霊？」

『そうね。鋭敏な感覚を持った人は、思いに繋がれ現世に留まる魂を見る事が稀にある。それが幽霊と言われるものなのかもしれない』

「それって良くないんだろう？　ああやって、新しい命を得る事なく、ずっと幽霊のままいる事って……。だからルミエはばあちゃんに言う事を止めたんだろう？」

おばあさんに寄り添うように立っていた少女。死んでからもずっとおばあさんと共にあった、長い時間。

『良いか悪いかはわからない。けれどあの子はああやっておばあさんとずっと一緒にいる事を、少しも苦痛に感じていなかったわ。自分を大切に思う気持ちと寄り添うのは、魂にとっても心地良いものだから。それに、魂の感じる時の流れは肉体を持つ者とは異なるものだから、おばあさんの感じていた時の長さに比べれば、まるで一瞬のようかもしれない』

「じゃあ、なんでばあちゃんに言わなかったんだ？　あの子がずっとそばにいるって事を」

『自分のせいで娘さんが生まれ変われず、今までずっとこの世界に留まってしまっていたとわかったら、おばあさん、悲しむでしょう？』

「あの三人、また家族になれるかな？」

『そうね、きっとなれるわ。だって、三人の魂は、あんなにも強く結ばれているんだもの』

メルは少しだけホッとして、目を閉じた。

さっきまではしゃいでいた若者達はどこかへ行ってしまったようだ。人気のなくなった公園はとても静かで、虫の鳴く声がよく聞こえる。


『ねぇ、メル？　寝てしまった？』

「いいや、何？」

『その子の体にいる今のあなたは、肉体を失った魂。あなたの今やっている自分を探すという事は、自分の死の確認になるのよ』

「そう、なのかもな」

『怖くはない？』

「それが全然怖くないんだ。思うに、死ぬ事が怖いのは、自分の記憶を失う事が怖いからなんじゃないか？　記憶ってさ、生まれてからずっと重ねてきたものだろう？　嬉しい事や楽しい事や、中には辛い事も。それを積み上げていくって事が、生きてるって事なんじゃねぇの？　今のオレにはそれがないから、失うものが全然ないから、何をどう怖がっていいのかもわからないんだと思う」

『でも、その体の持ち主がわかって自分が誰かがわかったなら、大切なものとの別れが突然やってくる事になる』

「だとしても、オレはこの体を、ちゃんと持ち主に返してやりたい」

『わかったわ。だったら、わたし、最後まであなたのそばにいてあげる。あなたがきちんとこの世界とお別れできるように』

「それは嬉しいな。いざ記憶が戻って死ぬ事が怖くて震えちまったら、慰めてくれよな」

『任せてちょうだい』

メルは照れくさそうに笑みを浮かべると、再び目を閉じた。公園のベンチは硬い上に少し窮屈で、満足に体を伸ばす事もできない。これは寝られたものではないなと思いながらも目を閉じていると、よほど疲れ切っていたのか程なく眠りに落ちてしまった。

二章　ツヨイトイウコト

翌朝、周りが明るくなってきてすぐ、メルは目を覚ました。

すでに額に汗をかいている、暑くて不快な目覚め。おまけに体のあちこちが痛かったり痒かったり、野宿なんてするもんじゃないなと愚痴をこぼしつつ、まだ眠い目をこすった。

「あー、腹減った」

昨晩ちゃんと夕食を食べていなかった事を思い出し、早速K駅前に向う。真っ先に目に入ったのはバーガーショップ。迷わず中へと駆け込んだ。

早朝にもかかわらず、学生とサラリーマンでかなり混んでいる。学生はノートや参考書を開いている者が多い。

——テストの時期なのかもしれないな。この子も本当だったら、こうして勉強してなきゃいけないんだろうに。

メルはそんな事を考えつつも、大きなハンバーガー二個とポテト、それにコーラを注文すると、あっという間に平らげてしまった。

『相変わらず、凄い食欲ね』

「この体だぜ、少し余計に食べたって怒られやしねえさ。あー、今度は糞してえ」

『あなた、今は女の子なんだから、そんな事、口にしちゃダメでしょう！』

メルは慌ててトイレに駆け込む。そこで、ルミエにまた叱られる。

『そこは男子トイレ！』

「あ、そうか、悪ぃ」

抵抗感を感じながら女子トイレに入ると、二人の少女が鏡の前に立っていた。

一人の少女は真っ青な顔で鏡を見つめていたが、メルが入ってきた途端に顔を背けた。鏡に映るその横顔、その目にはまるで生気が感じられない。

けれど、それよりも驚いたのはその少女に寄り添うように立つ、もう一人の少女。

朧《おぼろ》な輪郭と虚《うつ》ろな存在感。二人は同じ制服を着ている。

――じいちゃんと一緒だ。という事は……。

気にはなったものの、生理現象は我慢できず個室に駆け込んだ。ようやく扉を開いた時には、さっきの少女たちの姿はなかった。

『ねぇメル、あの子たち、探してくれない？』

ルミエがそう言うだろう事は、なんとなく予感はしていた。

「駅に行かなくていいのか？」

『だって放っておけないじゃない』

メルは渋々ルミエの言葉に従い、バーガーショップの店内を見回し彼女たちがいないのを確認すると、急ぎ店を出て駅の改札へと向かってみる事にした。

もし、彼女たちと同じ制服の子が多くいれば、このK駅を利用する学校の生徒のはず。案の定、同じ制服を着た子たちが次々と改札から出てくる。

「きっともう学校へ向かったんだよ」

『じゃあ私たちも行ってみましょう。あれからさほど時間は経っていないから、きっと通学路のどこかで見つけられるわ』

「しょうがねぇな」

メルは彼女たちと同じ制服を着た女の子たちを早足で追い越しながら、あの二人の姿を探した。

「いた！」

青い顔で鏡を見つめていた少女、特に目立つ所はなく地味な子だなという印象しか残っていない。それだけに、同じ服装の学生たちに紛れてしまったなら、見つける事は難しいかなと思っていた。けれど、その側に張り付くようなもう一人のお陰で、思いの外容易《たやす》く見つける事ができた。

けれど今は二人だけではなく、四人の少女たちがその周りを取り囲むようにして歩いている。

俯き加減で歩く少女はきちっとタイを結び真面目そうなのに対し、他の四人は制服を少し着崩し、雰囲気はずいぶんと異なる。その様子からは、友人たちと学校へ向かう楽しさも軽やかさも感じられない。

ルミエに指示されるまま、ゆっくりと目立たぬようにその輪に近づいたメルは、その会話に耳を澄ましてみた。

「スカートの件、誰にも言ってないよな」

「言ってない」

「言ったらどうなるか、わかっているよな？」

「言わない。ホントに言わないから」

「そもそも宮崎《みやざき》がハブられたのも自業自得じゃん。あんなエロい絵描いてるなんて、マジキモいし」

「そうそう！　それに、あの絵、あたしらにくれたの、お前だし。あたしらが悪いっつーなら、お前も同罪だから」

「わ、私、あげてなんていない、あれは……」

「はぁー？　いいわけぇ？　お前に聞いたよな？　これもらっていいかって？　イヤ

ならあの時にそー言えばよかったじゃん」

「だいたいさぁー、お前ら友だちだったんだろ？　友だちだったら自殺なんてする前に、何とかしてやろうって思うよ、フツー」

「マジ、こいつサイテーじゃね？　宮崎、可哀そう」

「もういいよ、みんな。住吉《すみよし》だってバカじゃないんだ。自分にだって責任があることくらいわかってるって」

愉快そうに笑い声を上げる四人の輪から取り残された少女は、そのまま消え入りそうに肩をすぼめると、枷《かせ》を掛けられたように重い足取りで、何とか通学路を歩いていく。

「どうする？」

『もっと話が聞きたい。あの子から』

「あの子って、どっち？」

『死んでいるほうの子。あなたはあの住吉って子と話をしてみて。その間に、わたしはあの子と話をするから』

メルは気乗りしなかったが、俯いている少女の背中に、できる限り優しく声を掛けた。なるべく女の子らしくとルミエに言われたものの、どうしていいかわからず言い淀《よど》んでしまう。

「あ、あの、ちょっといい、かな？」

「……」

バーガーショップで会った事は覚えていないようだった。

「えーと、住吉さん、だよね？　お、おはよう」

怪訝そうにメルを見る目には全く光が感じられず、その無機質な様子に、メルは思わず気おくれする。

「どうすれば、いいんだよ、ルミエ！　話、続かねぇよ？」

『ちょっと待って、今から言う事、住吉さんに伝えて』

小声でルミエの指示を仰ぎ、改めて向き合ってみる。

「あのね、オレ、いやワタシ、月子《つきこ》ちゃんの友だちっていうか、そのー、知り合いで。住吉さんと、話がしたいなーって」

月子、という名前に少女がビクッと反応する。

「なんで、私と？」

「あのね、ワタシも好きなんだ。えーと、マンガ。それで、住吉さんの事も、月子ちゃんから、聞いてて」

「……。でも、話って何？　私、もう学校行かないと」

「学校が終わった後でいいから、二人で話、できない？　時間はとらせないし、場所もそっちの指定した所でいいから」

「……」

「〈ケダモノノアイ〉の事だって、言っても？」

「えっ！　な、何で？　何でその事？　私たちしか知らないはず、なのに……」

目に見えて顔色を失う。

私服のメルと深刻な顔で話をしている少女に、通学途中の生徒たちが追い抜きざまチラリと視線を向けていく。それに耐えられなくなったのか、少女は待ち合わせ場所と時間を指定すると、駆け足で学校へと向かった。

そのあまりの狼狽《ろうばい》ぶりに驚き、メルはルミエに尋ねた。

「何なんだよ、〈ケダモノノアイ〉って？」

『月子ちゃんにとって、すごく大切なもの。あの子にとっても』

ワケがわからないままメルは駅に戻ると、本来の目的、自分を見つけてもらうため、改札の前に立った。

ただ待つだけの退屈な時間は、とてつもなく長く感じた。ずっと同じ場所にいると不審に思われるだろうと、たまに場所を変えつつ、少女との待ち合わせの時間が来るのを待った。

駅前のバス乗り場では、頻繁にバスが到着、出発を繰り返し、タクシーの人待ちの列も長く伸びている。そんな中、バイクの通り過ぎる音が聞こえ、メルは思わず目で追ってしまった。

『どうしたの？』

「いや、よくわからないけど、あのバイクのエンジンの音……」

『エンジン？　なにか、聞き覚えがあるの？』

「うーん、一瞬、ハッとしたんだ。でも、なんだろう、わからない……」

スウッと目の前に降りてきたものを摑もうと手を伸ばしたものの、寸前で逃げられてしまったような気分。少々ガッカリして、また元の場所へ戻ると、つまらなそうに人の姿を追う。

結局、一日中立っている事はメルの痩せた体には耐えられず、途中から地べたに座り込んでしまう。そんなメルをルミエも叱る事ができない。

結局、その日も声を掛けてくれる者が現れないまま、陽も傾き夕方になった。

『ようやく時間になったわね。行きましょうか』

メルたちは少女が指定した約束の場所へと向かった。そこはメルたちがいるK駅から電車を乗り換えて約三十分以上、快速は素通りする小さな駅の改札。

約束は午後五時。少し前に着いたにもかかわらず、少女はすでに着いていて、改札が見える売店の脇で通り過ぎる人を目で追っていた。

「あれ？　オレのほうが早いと思ったのに。さっきの駅にずっといたけど、キミ、通らなかったよね？」

その問いに答える事なく、少女は駅を出て行ってしまう。黙って歩き始めたその後を、黙ってついていくしかなかった。

バスも走る車の往来の多い道路、そこに架かる歩道橋に上ると高い土手が見えてきた。土手に上がると満々と水を湛える川幅の広い川、遊歩道をしばらく歩き河川敷へと下りる。すると、そこだけ綺麗に舗装された広い場所へと着いた。

そこは災害などの緊急時にだけ使われる船着き場のようで、周りには特に何もない。ただポツンと一脚だけベンチが置かれている。時折川下から風が抜けてきて、町中の暑さが嘘のように感じる、殺風景だが思いの外心地よい場所だった。

上流には緑の丘陵、その上には立派なビルが立っているのが目に留まる。

「ここは、ツッコと二人でよく来ていた場所。漫画の事、学校の事、家の事、何でも話した。たまに釣りをしている人がいるくらい、ほとんど人なんて来ないから」

独り言のようにそう言うと、少女はペタリとベンチに腰を下ろした。会ってから一度も目を合わそうとしない少女に戸惑いつつ、間に一人分間隔を空けてメルも座る。

「二人は仲良かったんだな。家はここからは近いのかな……」

メルが問い終える前に、少女はメルを睨みつけ、メルはその視線に面食らった。その瞳の奥に見えたのは、朝のような無機質な感じではない。戸惑い、そして怒り。

「何であなた、〈ケダモノノアイ〉の事を知っているの？」

「月子ちゃんから、聞いたから」

その言葉を聞き、キッとメルを睨みつける。

「嘘よ！〈ケダモノノアイ〉は、完成するまで二人だけの秘密のはずだった。あなた、いったい誰なの？　あなたの事なんてツッコから一度も聞いたことない！」

「その前に、話したい事がある。月子ちゃんの死んだ理由、なんだけど」

少女の顔がクシャリと歪み、目尻からツゥーと一筋涙が落ちた。肩を震わせながら、必死に崩れ落ちそうになるのを堪えている。

「や、やっぱり！　あなた、原《はら》さんたちに言われて……」

「違うって！　オレ、いやワタシはキミを責めるつもりはない。だから聞いてくれよ。キミにとってても大事な事らしいから」

「あなたも思っているんでしょう？　私が助けようとしなかったから、何もしなかったから、宮崎さんが死んでしまったって。私が全部、悪いんだって」

「だから、そんな事言ってないって」

「しなかったんじゃない、できなかったの！　だって、私、どうしたらいいか……。

言い出す勇気もなくて……」

「聞けって言っているだろ」

「私よ、私が、悪いの……」

　堪えきれず顔を覆い泣き崩れる。まったく耳を貸さない少女にお手上げのメルに、ルミエが声を掛けた。

『わたしが話してみる。この子にならわたしの声が届くわ、きっと』

　メルは肩を震わせ泣き続ける少女の背に、そっと手を添える。震えが治まるのを待って、なるべく優しげに声を掛けた。

「このラジオを見てくれ。スゴく古いけど、ちゃんと聞けるから。このラジオのチューニングダイヤルを回してみて欲しいんだ。キミが辛いなら、苦しいなら、このラジオが声を届けてくれるはずだ」

　メルの言葉に少女は顔を上げ、真っ赤な目でラジオを見つめた。

　そして引き寄せられるようにチューニングダイヤルを回し、多くの波の音を拾いながら、その声を探した。

　音楽でもトークでもない、その声を。

『ハロー、わたしラジオガール』

少女の名前は住吉日名子《ひなこ》。最初こそ驚いたものの、日名子は意外なほどルミエの事を簡単に受け入れてくれたようだった。ルミエの言葉にしっかりと耳を傾けている。

『驚かせてごめんね。わたしはこのラジオからあなたに声を届ける、ラジオガール』

「ラジオから、声を？」

『そう。わたし、こうやってラジオであなたとお話ができるのよ。あと、わたしの事はルミエって呼んで。それと、その子はメル。あなたと話したいと言ったのはわたしなの。彼女にはそれを伝えてもらっただけ』

「あなたは、なんなの？」

『わたしは魂。このラジオに繋ぎ留められた魂。魂は電波ととてもよく似ていて、だから電波を音として発信できるラジオは、私の言葉をあなたに伝える事ができる』

「魂？　それって死んでいるって事？　死んだ人が喋っているって事？」

『そう考えてもらっていいわ』

「でもなんで、私に？」

『私が伝えるのは、もう聞くことのできなくなった、大切な人の言葉。あなた自身も気付かずにいる、あなたの心の言葉。それは、わたしの魂の周波数に心を合わせる事ができた人にだけ伝えられる、魂の言葉なの』

「魂の周波数、魂の言葉……」

『心を合わせることができるのは、わたしを求める人。辛くて苦しくて、魂が肉体から零れ落ちそうな人にだけ、わたしの声が聞こえるのよ。わたしはあなたに求められ、こうしてあなたと話している』

「私が求めた？」

『そう。あなたが今一番したい事って何？』

「え、そ、それは……」

『月子ちゃんにもう一度会いたい。会って謝りたい。違う？　ヒーコちゃん？』

「え、な、何で？　何でその呼び方を？」

日名子の目からは再び大粒の涙がポロポロと零れ出した。拭おうともしない涙は、後から後から頰を濡らしていく。

『残念ながら、会って謝るって望みは叶えてあげられないけれど、月子ちゃんの言葉は伝えてあげられるわ』

「ツッコの？　あなた、ツッコと話せるの？　ツッコ、死んじゃっているのに？　なら私も話がしたい！　ツッコと話がしたいよっ！」

『ごめんなさい、あなたは月子ちゃんとは話せないのよ。死んで魂となった人とお話ができるのは、わたしだけ。月子ちゃんにはね、どうしてもあなたに伝えなければいけない事があるらしいの』

「ツッコが私に？」

『日名子ちゃん。あなた、わたしの言う事を信じてくれる？』

「うん、信じる。信じるよ！　ツッコは、ツッコは何を、何を伝えたいと言っているの？　私の事、許してくれないよね？　怒ってるよね？　見ない振りをして、ただ逃げていただけの私の事なんて……」

『お願い、落ち着いて。ちょっとだけ時間をくれる？　わたしもまだしっかりと月子ちゃんの話を聞けたわけじゃないから』

不安げに手に握ったラジオを見つめる日名子。真っ青な顔と唇は日名子の苦しみの大きさを如実に伝え、メルも心が痛んだ。

そして、月子は今もそんな日名子の隣に座っている。目が隠れそうなほど伸ばした前髪が気弱な印象を与える日名子、ボーイッシュなショートカットに大きく黒い瞳が印象的な月子。月子はまるで日名子を労《いたわ》るように、しっかりと肩を寄せている。

少しの静寂の後、ラジオのスピーカーがルミエの澄んだ声を届けた。

『月子ちゃん、日名子ちゃんにゴメンって。苦しませてしまってゴメンって、謝っている』

「なんで？　なんでツッコが？　悪いのは私だよ」

『月子ちゃんが死んだのはね、あの子たちのイジメが原因ではないんだよ』

　一瞬驚いた顔をした後、日名子は早口でまくし立てた。

「でも、あの子たちツッコにあんな酷い事を！　ツッコ、ホントに傷ついて。それなのに私は何もできなかった。他人事みたいな顔して、ツッコから遠ざかって、自分もイジメられるのが怖くて、ただ逃げていた。私は本当に臆病で卑怯者なの。私なんて……」

『自分をそんなに責めないで。あなたが苦しむ事なんて、月子ちゃんは少しも望んでいない。あなたには早く元気になって欲しいって思ってる。だから月子ちゃんはあなたのそばにいるのよ。今でもずっと』


日名子の通う学校は、私立の中高一貫校。月子と日名子は、中学一年生で一緒のクラスになってからの親友で、漫画家になりたいという夢を共有する仲だった。描いたものを持ち寄ってはあれやこれやと批評し合い、時には些細な事で喧嘩をした事もあるが、一緒にいて楽しく、価値観を共有できる掛け替えのない存在だった。

　二人の楽しい学園生活に影が射したのは、高校に進学してまもなくの事。例の四人組と同じクラスになってからだった。

地味で大人しい日名子に比べ、月子は目鼻立ちも整い、オタク趣味を公言して憚《はばか》らない明るい性格で男子受けも良かった。目立ちたがりの女子たちにとっては、少し目障りな存在。

特に、人気のある男子生徒から告白されたという噂が流れてからは、女子の中でも派手なグループだった例の四人組、特にリーダー格の原比呂佳《ひろか》から目の敵にされるようになった。その彼は比呂佳が密かに想いを寄せていた存在だったからだ。

教科書を隠されたり、話しかけても無視されたり、それが始まりだった。

そんな事でめげる月子ではなかったが、月子の描いた男同士が裸で抱き合うイラストを黒板に張られ晒《さら》された時は、流石に目に涙を浮かべ教室から飛び出していってしまった。

「やっぱ、オタクって気持ち悪ぃー」

比呂佳たちの笑い声は、日名子の心にも鋭く刺さった。

そのイラストは、日名子にねだられて月子が描きあげた、誕生日のプレゼントだった。

「私、ツッコの絵が大好きだった。私には描けない、繊細なタッチの素敵な絵。だから、私の誕生日に描いてもらったの。BLは私の好きなジャンルで、ツッコが普段描く題材じゃなかったのを無理言って。とても大事にしていたから、いつも持っていた。

でも、それがいけなかったの。あの子たちに取り上げられて、卑猥《ひわい》だ、エロいって笑われて。不健全だって先生にも呼び出されて怒られた。全部、私が悪かったの」

『月子ちゃん、日名子ちゃんのせいだなんて、一言も言っていないわよ』

「私、何も言えなかった。先生にも家族にも、原さんたちにも。ツッコにあんな絵を描かせたのは私、いやらしいのは私なのに。でも怖くて怖くて、私、何も言えなかった……。それから段々と、ツッコに対するイジメは酷くなっていったの。ツッコが先生にも親にも何も言わなかったのをいいことに、お弁当を捨てられたり、描いていた漫画を破られたり、エスカレートしていった」

「ヒデエな」

「それに私、見たんだ。体育で着替えをした時、ツッコのスカートをカッターで切り裂いている原さんたちを。なのに、私は何もしなかった、できなかった。私、わかっていたの。ツッコが先生にも親にも何一つ言わなかったのは、イジメが私に飛び火しないように。なのに、私、ツッコはあんな事に。ツッコに何もしてあげられなかった。ツッコに甘えて一人だけ逃げて。ツッコを殺したのは、私。私がツッコを……」

　日名子の細い肩が、激しく上下する。激しくしゃくり上げるその背に手を添えてあげる事しかメルにはできず、悔しさと歯痒さで唇を噛んだ。

『確かに月子ちゃんも辛かったと思う。でもね、月子ちゃんはそんな事で自殺するような子だった？　あなたの大好きだった月子ちゃんは、そんな弱い子だった？』

「ツッコは……」

『月子ちゃんは、他の事とも戦っていたのよ』


ルミエとメルは、日名子から聞いた月子のマンションへ向かった。

日名子と話した河川敷、その同じ川沿いに建つ十五階建ての巨大なマンション。周りに大きな建物はなく、密集する小さな家々を見下ろすかのように聳《そび》えていた。

セキュリティ付きのためインターフォンで用件を告げ、エントランスの扉を開いてもらう。エレベーターに乗り十二階で降りた。

マンションの外廊下からは、東京の高層ビル群が一望できる。風が首元に吹き付け、夏だというのに肌寒い。呼び鈴を鳴らし少し待っているとドアが開き、月子の母親が顔を見せた。月子と顔立ちがよく似ており、すぐに母親だとわかった。

けれど似ているのは顔だけで、きつい性格の母親だと日名子から聞いていた。なるほど、目の前で不機嫌そうに顔を顰める母親からは、明るく快活だったという月子の印象は見受けられない。

「突然にすいません」

「月子の高校の同級生の方って聞いたけれど？」

「はい。ワタシ、佐藤《さとう》といいます。月子さんとは、今、同じクラスで」

口から出まかせだ。佐藤なら、学校に一人や二人はいるはず。

「月子の事で話があるって言ったわね？　どんな事なのかしら」

「あの、ご家族の人は？　みなさん、帰って、こられてます？」

「いいえ。主人はまだ勤めから戻っていないわ。息子はいるけれど……」

「あの、できれば中で話、させてもらえますか？」

「私も仕事から帰ったばかりで夕飯の準備中だし、後日というわけにはいかないのかしら？」

「月子さんが亡くなった本当のわけ、知りたくありませんか？　ワタシ、その件で月子さんから相談を受けてていて」

母親は少し顔を曇らせ、メルを中へと通した。


月子から聞いた真実は衝撃的で、それをルミエから伝え聞いた時は、メルも大きなショックを受けた。

日名子へ伝えるのは家族の様子を窺ってからにしたい、そんなルミエの言葉に従い、まだメルとルミエしかその事実は知らない。

大きなバルコニーと窓がある見晴らしの良いリビングは綺麗に片付けられ、品の良い家具が並べられてはいたが、まるでモデルルームのようで生活感を感じさせない。

廊下を歩いてリビングに向かう途中、扉の開け放たれた部屋が一つ。中にはほとんど物が無いもののベッドと机が所在なさげに置かれており、何となく違和感を覚えた。

メルにお茶を出しながら、母親は少し気まずそうに漏らした。

「あの部屋、月子の部屋だったの。何か、清々しているでしょう？　残った者が、あまり引きずらないようにって、月子のものをすっかり片付けてしまったばかりだから」

「お、お構いなく」

わたしの言う通りに喋ってと、ルミエにそう言われ、メルはずっとオウム返しを続けている。ラジオから聞こえるルミエの声、それに重ねる自分の声。他の者には聞こえやしないとわかりつつ、なんとなくドキドキする。

月子の家は、月子と母親、義父と義兄の四人家族だった。もっとも、家族が四人になってから、まだ一年と少ししか経っていない。母親が再婚し義父と義兄ができてから、この新しいマンションへと移り住んできたのだ。

今は空いてしまった月子の部屋を除いても、もう二部屋ある広い３ＬＤＫのマンション。一人欠けた今となっては、空いた部屋が寂寥《せきりょう》感を誘う。

「お義兄さんは、お部屋ですか？」

「ええ。そうだけど？」

「どんな方、なんですか？　お義兄さんって？」

「W大の大学生で、とても優秀なのよ、朔哉《さくや》さん。でもなんであなたがそんな事を？」

「いえ、月子さんから少し、聞いていた、ものですから」

「それで、月子から相談を受けていたって、いったいどんな事を相談されていたの？」

母親は、不安げに眉を顰めた。

「月子さんが、悩んでいた事です」

「月子の死に関しては、私たちも困惑しているのよ。再婚に対して反対していたわけじゃなかったので安心していたのだけれど。もっと注意するべきだったのかもしれない。こんな事になってしまった今は、とても後悔しているわ」

「あの、お母さんは、月子さんの自殺、再婚が原因だって考えているのですか？」

「だってあの子、私たちと食事も一緒に取らず、一人でいる事が多かったから。特にあんな事を起こす前は、ほとんど部屋に閉じこもりきりで」

「ワタシがお話ししたいのは、学校での月子さんの事なんです。ご両親は月子さんが学校で、イジメに遭っていたのはご存じですか？」

「イジメ？　学校で？　そんな話は聞いた事がありません」

「昨年あたりから、かなり酷いイジメに遭っていたんですよ」

母親は本当に知らなかったと見え、かなり取り乱しているように見えた。

それからメルは、というかルミエは、日名子から聞いた事に多少の尾ひれをつけつつ話し、それを聞いた母親は複雑な顔をして黙り込んでしまった。

「ワタシ、月子さんが自殺なんて選んだのは、絶対にイジメが原因だと思うんです。それなのに学校は見て見ぬ振りをしていて。ワタシ、それが許せなくて、せめてご家族にはこの事、伝えておきたいって思ったんです」

「そのイジメをしていた生徒の名前は？」

「ごめんなさい。そこまではワタシの口からは言えません。でも、制服とか見てみて下さい。きっと切られた跡とか、見つかるはずです」

帰り際の玄関先でも、そのイジメがどんなものだったのか、月子がどれほど苦しんでいたかを話した。どの部屋にいても聞こえるような大きな声で。

母親はメルを見送る際、教えてくれてありがとうと、深く頭を下げた。

月子のマンションから出ると、メルは部屋の脇にある非常階段に身を隠した。部屋は角部屋だったため非常階段に接していて、気付かれずにドアを覗いている事ができたのだ。

「どうだった、オレの演技は？」

『棒読みじゃない。いくらわたしの言葉を追っているからといって、もう少し自然に話せないのかしら。まるで小学校の学芸会、ドキドキしちゃったわよ』

「けどスゴイな。よくあんなにペラペラとセリフが出るよ。でもルミエの思惑通り、あの母ちゃん、学校へ乗り込んでいくかな？」

『多分、行くと思う。気の強い人らしいから。きっと家庭内でも黙っていないはず』

「それって、なにか意味あるのか？」

『一番の理由は、自殺の理由がイジメの可能性もあるってお義兄さんの耳に入れたかったの。どんな反応をするかを見てみたい』

「なら大成功じゃん。アイツ、家にいたみたいだし」

『それに、お母さんが学校に行く事で月子ちゃんに対するイジメは問題視されるはず。例の四人組にも、月子ちゃんの死にきちんと向き合ってもらいたいから』

「母ちゃんが学校へ乗り込んだりして、日名子は大丈夫か？」

『だから日名子ちゃんには悪いけど、しばらく学校は休んでもらう。やってもらいたい事もあるしね。あ、見て！　出てきたわよ！』

　ドアが開き、背が高い眼鏡をかけた男が部屋から出てきた。

伝わってきた。

「あいつだな?」

『そう。けれど見て。なんなのかしら、あの様子』

表情こそ硬いが口元だけは緩んでいる。その男からは、明らかに安堵した雰囲気が伝わってきた。


日名子の家は窮屈な敷地に立つものの、まだ真新しい三階建ての戸建ての家だ。最寄り駅は、最初に待ち合わせをしたあの小さな駅。月子のマンションは路線が違うI駅。二人にとって大切な場所であるあの河川敷は、二人の家のちょうど中ほどに位置していた事になる。

父親は単身赴任中、一人いる姉も今は家を出て一人住まいとの事で、その姉の部屋が空いていた。メルは昨日からその部屋に泊めさせてもらっている。

「あぁー、腹減った!」

『あなたって、それればかりね』

今日は月子の母親が帰る時間を見計らい夕刻にマンションを訪ねたのだが、思いがけず義兄が出掛けるところに出くわせたので、その後を追って様子を見たりしているうちにすっかり遅くなってしまった。すでに夜八時を過ぎている。

日名子の母親は、まだ戻っていないようだった。

「だってオレ、こんな時間まで何も食べてないんだぜ。ルミエと違ってオレは生身の体を持っているんだから、腹だって減るんだよ。日名子、なんか美味いもの食べさせてくれよ」

まるで遠慮する素振りも見せないメルに苦笑しながら、日名子は残しておいてくれた肉野菜炒めと味噌汁を温め直し、食事を用意してくれた。

メルの事情は、昨日のうちに説明してあった。

「本当にメルって男の子みたい。驚いた」

「ま、信じようと信じまいと、オレはどっちでもいいんだけど」

「私は信じているよ」

メルは美味しそうにご飯を目一杯、口に頬張る。

「けど、日名子はこんなオレたちの事、よくすぐに信じたよな。普通、絶対に信じないって。魂だとか、新しい器だとか、ウソくさいじゃゃん？」

「最初にルミエがヒーコって私の事を呼んだでしょう？　ＨｅＫＯ。あれってツッコだけが知っててツッコしか呼ぶ事のない、私の漫画を描く時のペンネームなんだ」

「ヒーコとツッコか。ゴロがいいよな。お笑いのコンビ名みたいだぜ？」

メルの軽口に、日名子が笑顔を浮かべる。けれどすぐに表情を引き締め言った。

「私、〈ケダモノノアイ〉、絶対に描ききってみせるから」

日名子と月子。二人は出会ってからというものの家が近い事もあり、主に月子が日名子の家を訪ね、よく一緒に漫画を描いていた。描いた漫画は、いつか同人誌として形にしようと二人で話していた。けれど好きなジャンルも違うし描きたい世界観も異なる。そんな事もあって、二人で一つの作品を手掛けた事はそれまでなかったのだが。

それが半年ほど前に突然、自分の話に絵をつけてくれないかと月子に持ち掛けられたのだ。

「でもさ、この話の雰囲気だとツッコの絵のほうが合うんじゃない？　私が描くよりずっとイイと思うけどな」

「ううん。これ、ヒーコに描いて欲しいんだ。今までずっと机並べて漫画描いてきたけど、共同作業ってやった事ないじゃない？　一回やってみたかったんだ、こういうの」

「うーん、合作かぁ、悪くないかもね。わかった。できるだけいいものになるよう頑張ってみるよ」

「完成するまでは、二人だけの秘密。誰にも言わないでね」

「もちろんだよ。漫画の事を話せる相手なんて、私、ツッコしかいないし」

「じゃあ約束！　でも実はこれ、まだラストをどうするか決めてないんだよね」

そうやって描き始めたのが〈ケダモノノアイ〉だった。

その時は嬉しくてたまらず、懸命に絵を描く事に没頭した。けれど、月子に対するイジメが酷くなるに従い何となく二人は疎遠になり、漫画の進み具合も滞りがちになっていった。

そしてその原稿は、月子の死により机の奥にしまわれたきりになってしまった。

ルミエにしかできない事。

それは、この〈ケダモノノアイ〉のラストを月子から日名子へ伝え、原稿を完成させる事だった。

◇◇◇

〈ケダモノノアイ〉

ある町に住む母と娘。幼い時に父親と別れた母娘は、ずっと二人で暮らしていました。

ある日母親は突然、一人の男を娘に紹介しました。再婚したいと言うのです。相手の男は言葉は丁寧で物腰も柔らかく、とても良い人に思えました。

けれどその男には、娘より三つ年上の息子が一人いて、母親の再婚は、四人家族となる事を意味していました。

ずっと二人きりで過ごしていたので、突然家族が増える事に娘は困惑しました。それでも娘は、母親が幸せになるならと再婚を祝福しました。

そして母娘は新しい家族を得て、新しい暮らしが始まったのです。

そんなある日、娘はふと古びた小道具屋へと立ち寄りました。いつからそこにあるのかもわからない、普段なら入ったりしない店でした。

けれど店先に飾られた美しい万華鏡、それに魅せられてしまったのです。繊細なガラス細工と銀で装飾された、古い万華鏡。

これは全ての愛が見える万華鏡です、きっとあなたに必要となるでしょう。

主人の言葉に乗せられ、娘はその万華鏡を手に入れる事になりました。

而《しか》して、その万華鏡は愛を映して見せたのです。

美しく、華やかに、様々な形と色で。

娘の大切な友だち。いつも二人肩を並べ絵を描きます。

娘はその時間が愛おしくて、万華鏡を覗いてみました。そしてクルリと回します。

緑色、橙色、白色、黄色、混ざり合い重なり合い。満月のように綺麗なまん丸。

とても穏やかな気持ちに包まれて、楽しい夢を見られそうです。
娘に恋心を寄せる男子。恥じらいながら、娘に恋心を伝えます。
娘も少しときめきつつ、万華鏡を覗いてみました。そしてクルリと回します。
赤色と黄色、そして桃色が幾重にも重なる。丸い花びらを重ねた花のような形。
なんだかドキドキと緊張して、少し胸が熱くなりました。

仕事が忙しい母親。勉強が疎《おろそ》かな娘に小言がとても多いのです。
娘はウンザリしつつ、万華鏡を覗いてみました。そしてクルリと回します。
赤色と青色、銀色。そして橙色に緑色。多彩な色の角の整った星の形。
角はあるけど、どこか暖かい、ささくれた心が落ち着きます。

母親が選んだ義父。優しく穏やかな人、けれど娘と視線を合わせません。
娘に対しても慇懃《いんぎん》丁寧、万華鏡を覗いてみました。そしてクルリと回します。
青色、白色、灰色が均等に並びます。とても正確な五角形。
こちらまでピリリと身が引き締まり、少し息が詰まります。

娘に新しくできた義兄。真面目で頭も良い自慢の息子。けれど少しも笑わない。
娘に向ける静かな視線、万華鏡を覗いてみました。そしてクルリと回します。
青色、そして白色に黒色。形の歪《いびつ》な三角形。
スルリと冷たい水が、全身を舐めていく気がしました。

打ち解けない義兄。その心を溶かそうと、娘は義兄に微笑みかけます。
初めて義兄が見せた笑顔、万華鏡を覗いてみました。そしてクルリと回します。
青色。黒ずんだ黒色。歪な三角は、いっそうひしゃげています。
よく見ると笑顔も少し歪《ゆが》んでいる気がして、怖くなり目を瞑りました。

娘と二人きりになった義兄。突然娘に抱きつくと、後ろから胸を弄《まさぐ》ります。
娘は怖くて震えながら、万華鏡を覗いてみました。そしてクルリと回します。
黒色に、青色と赤色が濁ります。もはや形はわかりません。
声を出したら全て終わってしまいそうで、黙って叫びを呑み込みます。
娘の全てが欲しい義兄。冷たく尖った切先《きっさき》が、乳房と秘部を突き刺します。
娘は辛さに堪えながら、万華鏡を覗いてみました。そしてクルリと回します。

黒色。黒色。何度回してみても、黒色。色も形もありません。
底が知れない闇に落ちながら、突かれた痛みだけが残ります。

娘は怒って古道具屋へ向かい、何も見えなくなった万華鏡を突き返しました。
お嬢さん、これは壊れていません。今でも全ての愛が見えます。
ならばなぜ何も見えなくなったかと問う娘に、小道具屋の主人はこう告げました。
あなたが覗き見たのは〈ケダモノノアイ〉だったからですよ。

その万華鏡は、様々な色と形であなたに愛を見せてくれます。
そして、それは同時にあなたの心でもあるのです。
残念ですが、この万華鏡はお役に立たなかったようですね。
古道具屋の主人は万華鏡を悲しそうにしまい込みました。

娘は肩を落として店を出ました。
沈みゆく夕陽は見上げずとも、娘の目の前にあります。
目にささる日差しは、娘の影を一際黒く、そして長く伸ばします。
娘は気味が悪くなり、慌てて逃げ出しました。

逃げる娘に、長く伸びた影が笑いかけます。

逃げても無駄だよ、君は俺の影なのだから。

影はあなたでしょう、なぜそんな事を言うの。娘は影に問います。

影は答えました。だって君は真っ黒じゃないか。俺よりもずっとずっと。

◇◇◇

「これを初めて読んだ時、あまりに暗い話だから驚いちゃって。でもツッコは笑って、思いきりダークなものを書いてみたかったからって言うから」

『でも、このお話は、これで終わりではないのよ』

「私にも言ってた。ラストはまだ決めてないって。教えて、ルミエ。ルミエは本当のラストをツッコから聞いたんでしょう？」

『もちろん、それを伝えるのが、わたしの役割だから。でも、その前に聞いて欲しい事があるの。月子ちゃんが、この漫画を完成させなければいけなかった、本当の理由』

「理由？」

『月子ちゃんは、自分を苦しめていた事、それを伝えるべきかどうか、悩んでいたの』

「伝えるべきか、どうか？」

『そう。それで〈ケダモノノアイ〉、このお話を漫画にしようと考えた。けれど、それを完成させることができないまま、不慮の事故で亡くなってしまった』

「事故？　ツッコは自殺したんじゃないの？」

『そんな形で死んでしまった事は、月子ちゃんもとても無念だった。日名子ちゃんが誤解しているのも気がかりだった。だから、月子ちゃんは未だにあなたの側にいるのよ。そして、月子ちゃんは望んでいる。日名子ちゃんに漫画を完成させてもらうことを。自分に起きた事を、自分が何に苦しみ、どう思っていたのかを、〈ケダモノノアイ〉という作品として残したかったの』

「自分に起きた事って……。まさか？」

『〈ケダモノノアイ〉を覗いてしまったのは、月子ちゃんだったのよ』

「……じゃあ、ツッコはお義兄さんに？　ま、まさか、そんな事って……」

『月子ちゃんは色々な事と戦っていたって、前に言ったでしょう？』

「でも、それじゃ、あまりに、あまりにツッコが可哀そうだよぉ……」

日名子の目から、ポロポロと大粒の涙が零れる。

『でも、もう逃げては駄目よ。あなたはそれを描く事を月子ちゃんに託されたのよ』

「う、うん……」

『できるわね？　日名子ちゃん？』

「やる。私、絶対に完成させるよ」

長かった前髪をカチューシャで押さえ、しっかりとメルの目を見る瞳には、幾分光が戻っているように見える。

『けれどね、あなたにはやってもらわなければいけない事が、もう一つあるの。それも、日名子ちゃん、あなたにしかできない事よ』


時間を忘れ、漫画を描く事に没頭する日名子。

暇を持て余したメルは日名子に手伝いを申し出て、ベタ塗りをやらせてもらう事にした。心配するルミエと日名子をよそに、メルは二人が驚くほど器用にそれをこなした。

「自分でも驚いたよ。オレって器用なんだな」

鼻高々のメル。

「うん！　とても上手だよ！」

夕方になって、日名子に幾通ものメールが届いた。

「ツッコのお母さん、学校に行ったみたい。なんか、大騒ぎになったみたいだよ……」

原比呂佳たちからだった。嫌がる日名子の手からスマホを奪って内容を確認したメルは、顔を真っ赤にして怒りだした。

「あいつら、日名子のせいだって騒いでやがる！　ちくしょー、なんて勝手なやつらなんだ！　何でもかんでも日名子のせいにしやがって！　オレが今から行ってぶっ飛ばしてきてやるっ！」

『あなたこそ何言っているのよ。今はそんな事をしている暇はないでしょう』

「けど」

『ほら、早く！　手を動かして』

「まったく人使いが荒いよな、ルミエ」

『仕方ないでしょう。わたしは手伝いたくたって手伝えないんだから』

結局、漫画が描きあがるまで、メルは日名子の家へ泊まりっぱなしになった。

娘が学校を休んでいる事を知っていても、特に詰《なじ》るでもない母親。父親が不在な上、自分も忙しく働いているせいなのだろう。

疲れた表情の母親は、得体の知れない娘の友人にもあまり関心がないようで、「しばらくお世話になります」との挨拶にも生返事だった。

「ごめんね、ウチの母さん、いつもあんな風なのよ」

「自分の事だけで、いっぱいいっぱいなんだよ」

「メルのウチもそうだったの？」

「どうかな？　でもオレ、なんとなくわかる気がするんだよ、そんな親の事」

「新築の家なんて買っちゃったし、私たち姉妹、二人とも私立だから、お金を稼がないといけないいから大変なんだ。そういう点では感謝してる。感謝してるから私、学校を辞めちゃうわけにはいかなくて、だから……」

「ほら、またメソメソに逆戻りしちゃってるぞ？」

「ゴメン。ツッコに怒られちゃうね」

そうやって数日、ついに完成が近づいてきた。

ルミエが月子から聞き、日名子へと伝えられた〈ケダモノノアイ〉のラストは、こんな終わり方だった。

◇◇◇

娘は家へと帰ると、家族へ家を出る事を告げました。

母親はとても悲しみました。義父は相変わらず目を合わせません。

義兄は驚いたようでしたが、やはり表情は凍ったまま。

娘は何度問われても、出ていく理由は口にしませんでした。
義兄は娘と二人になると、突然強く抱きしめ泣きました。
娘への愛を告白し、留まるように懇願しました。
そこで娘は胸を開き、スカートを捲《まく》り上げ股の奥を見せました。
義兄が見たものは闇のような黒色。それ以外には何も見えません。

あなたが私を求めた結果、私は今この闇と共にあります。
あなたの欲望も罪過《ざいか》も、全てこの闇の底へと落としました。
私は、ここではない自分の居るべき場所へと向かうつもりです。
そこはこんな私を照らし暖めてくれる、とても明るい場所なのです。

古道具屋の主人は、店を出た娘の背に、こう声を掛けたのです。
陽の光は時として、影をより黒く長く伸ばします。
ですから、あなたは常に真昼の太陽を求めるのです。
真上から照らす陽の光は、あなたの影を消してくれるでしょう。

◇◇◇

日名子が寝る間も惜しんで頑張り〈ケダモノノアイ〉が完成したのは、メルたちが日名子の家へ転がり込んでから三日後の事だった。

しかし、それで終わりではなかった。日名子には漫画の他に、もう一つやらなければいけない事があったから。

それはあまり気乗りしない事だったようで、それでもそれが月子の意志だと言われるとやらないわけにはいかず、日名子は渋々と取り組み出した。

月子から日名子に託されたのは、四枚のイラスト。気持ちが乗らないのか時折手を止めてボーッと視線を泳がせている。

『どうしたの？　集中できないみたいね』

「……ツッコは、家を出る気だったのね？」

『そうね。本当は高校を終えるまでは我慢していたかったみたいだけど』

「辛かったんだろうね。誰にも相談できなかったろうし、ツッコ……」

『そうね、辛くて苦しかったと思う。けれど月子ちゃんが一番心配していたのは、お母さんの事。そんな事が知られ、家が滅茶苦茶になってしまう事が怖かったみたい。だから、自分さえ我慢できれば、そう考えていた。けれど、やはりお義兄さんと二人きりになるのは避けたかったのよ。わかるわよね？　だから、あの日も……』

「おい、日名子。絵が濡れちまうぞ」

涙がポタリポタリとイラストの上に落ちる。

「ゴメン。でも、なんでツッコはこんなに強いの？　家ではそんな酷い事があって、その上学校でのイジメ……。原さんたちを絶対に許せなかったはず。なのに、なぜこんなイラストを？　なぜツッコはこんな事ができるのだろう？　こんなに優しくいられるのだろう？」

『日名子ちゃんならきっとわかるはず、そのイラストが何を意味するか』

「でも私、こんな事くらいで自分のした事が許されるとは思っていない。だってツッコが一番辛い時、何もしてあげなかったのは確かだから。私は本当に臆病で卑怯者で、そんな私を、誰よりも私が許せない」

「いい加減にしろよ！　いつまで自分を責めてるんだよ！　なんで月子がオマエに引っ付いているのかよく考えろよ！」

『メルの言う通りよ。日名子ちゃん、あなた、何もしてあげられなかったって言うけど、〈ケダモノノアイ〉の事は、一日だって忘れたりはしなかったよね？　月子ちゃんが死んで、あんなに苦しんでいたじゃない？　日名子ちゃんは確かに臆病だった。でも、それは弱さかもしれないけれど罪ではない。その事は、誰よりも月子ちゃんがわかっている』

出来上がった原稿は、義父も義兄も出掛けて留守な時を見計らい、日名子とメル二人で月子の家へと持っていった。二人で訪ねてきた事が意外だったのか、少し驚きつつも、母親は笑顔でリビングに通してくれた。

「先日は本当にありがとう。あなたに教えてもらえなかったら、学校で起きていた事を何も知らないままだったわ。なにせ月子は殺されたのだから。絶対にイジメていた生徒に、それ相応の罰を受けてもらうつもり」

母親はこの間より、ずっと顔色がいい。

「お義兄さんは、お出掛けですか？」

「え？　あぁ、朔哉さんは大学に行ったわ。朔哉さんと月子、特に仲が良かったわけじゃないけれど、やはりショックだったのでしょうね。朔哉さん、あんな事があってから少し様子がおかしかったのよ。でも、このところはようやく落ち着いてきたみたいで」

「そうなんですか」

日名子は義兄の話を月子から一度も聞いた事がなかった。名前も初めて聞いた。母親の再婚で義兄ができた事すら忘れていたほどだった。

今になって思えば、それは月子自身も知らずに出していたレスキューのサインだったのかもしれない。結局自分が何も知らずにいた事を思い知り、日名子はまた胸の奥に痛みを覚えた。

「ワタシたちが今日来たのは、読んでもらいたいものがあったからなんです。さぁ、日名子」

メルが声を掛け、日名子が〈ケダモノノアイ〉の原稿を母親に渡した。

しばらく真剣に目を通していたが、だんだんと顔色が悪くなってくる。読み終えると、震えながら日名子を睨みつけ言った。

「何なの、これ？　月子を失ったばかりの私にこんなものを読ますなんて。冗談にしても質《たち》が悪いんじゃない？」

食ってかかる母親にたじろぎながらも、日名子は目を逸らさない。

「これはツッコの描いたものです。正確にはこれは私たちの合作で、絵を私が、話はツッコが考えたものです」

母親の顔から一気に色が失われた。再び原稿に目を通す。

「月子が考えた？　何であの子がこんなものを？　まさかこれって？」

「私も知らずに描いていたんですが、それはツッコが本当に……」

「嘘！　嘘よ、絶対！　あなたたち、そろってこんな馬鹿げた話を……」

「聞いて下さい。お願いです！」

日名子の必死の言葉に、母親が真っ白な顔を向けた。

「私たち、考えました。お母さんに告げるべきかどうか。ツッコ自身がお母さんには黙っているつもりだったから。何も告げないまま家を出るつもりだったから。だからこの〈ケダモノノアイ〉も、ツッコと私だけの秘密にするつもりでした。なぜツッコは何も言わずにこの家から去ろうとしたんだと思いますか?」

母親の唇は震え、言葉にならない。

「お母さんのためです。お母さんがお義父さんとうまくやっているのはわかっていたから。自分さえ黙っていれば、この家にいなければ、お母さんは今まで通りに暮らせると考えたからなんです」

「月子が黙って、一人で家を出ていこうとしていたなんて……」

メルは我慢ができなくなり口を挟んだ。

「オレだって、月子がしたいようにさせてやるつもりだった。でも、一昨日アイツと、あの兄貴と少し話したんだ。オレがここに来た事を知ってたアイツは、オレにイジメの事を詳しく聞かせてくれって……」

一昨日、ルミエはどうしても義兄と話してみたいと聞かず、家を出たところを捕まえて話をした。

朔哉は突然話しかけてきたメルが、先日訪ねてきた月子の友人だと知ると、イジメの事を詳しく話して欲しいと迫った。

ルミエとメルは話してみてすぐに、真面目そうな朔哉の内にある、身勝手でプライドが高く自分本位な顔にすぐ気付いた。

月子が自分と仲良くしようと積極的だった事、気を引こうと向ける媚《こ》びた笑顔、自分はそんな義妹に困惑し距離を置こうと考えていた事など、得意げに語る顔には安堵が色濃く浮かんでいた。

そして冷たい笑みを浮かべつつ、最後に小さくこう呟いた。

「でも、そんなイジメがあったなんて知らなかったな。あんな事したのは、それが原因だったんだ。なんだ……」

メルは怒っていた。目には涙さえ浮かんでいる。

「アイツは自分のやった事でどれだけ月子が苦しんでいたか、少しもわかっていないんだ。それでも、そんなアイツを月子は許してやるつもりだった。そうすれば全部丸く収まるって思ってた。そりゃアイツが少しは苦しんでいるなら、月子の思う通り何も言わずに済ましてやりたかったよ！　でもアイツが気に病んでいたのは、自分のやった事がばれないかだけだ。少しも自分が悪いだなんて考えてないんだよ！」

「ツッコ、この事は誰にも言えなかったんです。もちろん私にも。こんな辛い事、言えなくて当たり前です。でも、この事を、自分の身に起きたこの辛い事を、一人で抱えたままでは新しい場所に踏み出せないと思ったから、この漫画を描こうと思ったんだと思います。私に絵を描かせた本当の理由は、自分では描けなかったから。辛くて描けなかったからなんです」

「……まだ信じられない。だって、ま、まさか朔哉さんが……」

「だったら、ツッコの言葉を聞いて下さい。ツッコはお母さんにカードを贈っているはずです。本当の事はお母さんに告げないつもりだったツッコが、そのカードにそっと本心を隠したんです。けれど、もしかして気付いてくれるかもしれない、そんな願いをメッセージの言葉の中に託していた」

母親は慌てて一枚のカードを見つけてきた。それは一読した限りでは、ただの暑中見舞いに思える。けれどそのメッセージは、さりげないながらも月子の母親を想う気持ちが溢れていた。

「ツッコには申し訳ないけど、やっぱり私たち、お母さんには知ってもらおうと決めたんです。それは紛れもない、ツッコの言葉です」

◇◇◇

陽射しも朝早くからやけに強くて
なんだか今年の夏って暑過ぎだよね
今度の休み、たまにはママと二人で出掛けたいな
ノンビリしている暇なんてないかもしれないけれど
ママにもリフレッシュが必要だよ
んーとオシャレして町へ出て
我慢している分、たまには楽しまなきゃ
ガッツリ美味しいものを食べて
しっかり英気を養ったらさ
んーと辛い事があったって
実はたいした事ないじゃないって思えるよね
ついついお節介を焼いちゃう娘だけど
でもママがとっても大好きだから
好きなように生きてくれるのが何よりなんだ

◇◇◇

「メッセージカードなんて今までもらった事がなかったから、とても嬉しかったのよ。それに、ここのところ色々と忙しくて、あの子ときちんと話す機会がなかった。寂しい思いさせているのかなって、これを読んで思っていたの。でも、このメッセージがあの子の本心って？」

「文の頭の文字だけを続けて読んでみろよ。あんたの口でしっかりと」

メルの言葉に、母親はカードに目を落とすとゆっくりと読みだした。

「ひ、な、こ、の、ま、ん、が、し、ん、じ、つ……で、す」

声を上げ床に崩れ落ちる母親。叫びに近い嗚咽に日名子の胸も痛む。

メルは母親に向かって、強く言葉を投げつけた。

「この事をどう受け止めるかは、あんたが決めるんだな。月子は自殺じゃねぇよ。あんたたちの留守中、アイツと二人きりになるのを恐れた月子が、自分の部屋のバルコニー越しに非常階段へ逃げようとして誤って転落したんだよ。でも、月子は誰も恨んでいなかった。今の自分を受け止めつつ、前に進もうとしていた。どんなに辛くたって諦めたりなんてしなかった。漫画を読んでわかるよな？　どんなに自分が傷つこうと、人の心の弱さを許してしまう。優しくて強い、あんたの娘は、そんなスゲー娘だったんだよ！」

そして、日名子にはもう一つ、月子から託された事が残っていた。以前の自分なら無理だったろうな、そう思いながら、週明けの月曜日、少しも怯《ひる》む事なく学校へと向かった。

周りの目は日名子に集中し、特に比呂佳たちは目も逸らさず日名子を睨んでいた。しかし、担任が朝礼の際に言った言葉に、教室中が騒《ざわ》めく事となった。

「先日、宮崎さんのお母様がいらして、今回のイジメの件についてはもう問題にするつもりはないと言って帰られました。勿論、法的に訴える等の発言も撤回していかれました。ついては、これから始めるつもりでした個人面談、告発の喚起等はとりあえず行いませんので、みなさん、安心して勉学に勤《いそ》しんで下さい」

拍子抜けした比呂佳たちは、お互いに顔を見合わせ安堵の表情を見せた。しかし、実際に比呂佳たちが月子に行っていた所業を見た事がある者たちは、みな一様に首を傾げた。

その日の放課後、みんなが下校する中、比呂佳たち四人を呼び止めた者がいた。日名子だ。

腰が引きぎみの四人、日名子の顔には笑みが浮かんでいる。今までとは全く逆の光景。日名子の様子に戸惑いつつ、四人は日名子に食ってかかってきた。

「なんだよ、あたしらに何の用だよ？」

「宮崎の件、お前の仕業？　だとしても、恩売った気になんなよ」

「違うよ、これ、渡したかったの」

手渡したのは、四人を描いたイラストだった。月子のもう一つの望み、それがこの似顔絵イラストだったのだ。

原画、というか、実は月子は自分の漫画にすでに四人を登場させていた。当然と言えば当然だが、それはどれも悪役で、かなり悪意のこもったキャラクターだった。

それを元に、月子の意を汲んで日名子が描き直したのがこのイラストだったのだ。タッチは月子に似せ、何倍も可愛らしく描いた。それが月子の意図とはいえ、日名子にはかなり抵抗感があった。けれど、そのうち理由がわかって興が乗り、ついにイラストを完成させたのは、つい昨日の事だ。日名子も自分で驚くほどの出来栄えだった。

そのイラストを、四人は食い入るように見ていた。かなり美化されているとはいえ、それぞれの特徴をよく捉え、描かれた当人も自分だとわかるはず。

「これって、もしかしてあたしら？」

「そう。月子の部屋で見つかって、私が預かってきたの。月子、原さんたちと仲良くなりたいって、ずっと言っていたから。本当はいい子たちだから、仲良くしたいんだって、何度も聞かされていた。だからこんなイラスト描いたんじゃないかな。だって、ほら、みんな素敵に描けているでしょ？　スゴイ似てるし」
呆《ほう》けた顔でイラストを見つめる四人の姿。日名子は漏れ出してしまいそうな笑いを必死で堪えた。

――バーカ！　お前らがそんなに可愛いわけないだろう！　やっとわかったよツッコ！　これって復讐なんだよね？　でもホント、あなたらしい復讐だよ！

きっとあいつらは、あのイラストを捨てられない。自分が描かれた絵をゴミ箱に放り込める人間なんてそうはいない。しかも、あんなに美化された自分。

そして、たまにあのイラストを見て思い出すんだ。イラストを描いたツッコを、そしてツッコにした自分たちの行いを。

ドクンと心臓が大きく鳴った。日名子は唇を強く結ぶと四人に背を向け足早にその場を離れた。叫び出してしまいそうなのを必死に抑え、そのまま駅まで走り出す。発車間際の電車に飛び乗ってからも胸の鼓動は止まず、車窓の風景をじっと睨みつけた。

降り立ったのはあの小さな駅。日名子は人目も気にせず改札を駆け抜けると、月子との思い出が溢れる、あの川辺の船着場へと急いだ。

夕刻で人気のない川辺はとても静かで、少し離れた鉄橋を走り抜ける電車の音がときおり聞こえてくるだけ。川は豊かな水を変わらず下流に送り、揺れる水面は赤から黒へとゆっくりと色を落としている。

その川に向かって日名子は大きく吼えた。

「ざまぁみろぉーっ！」

太陽は西のビル群へと姿を隠しつつあるが、すでに月も空に白い顔を浮かべている。

――そうだ。何があったって同じ空に私たちはいるんだ。明日も明後日も、いつまでも、ずっと。

抑えようもなく涙が零れてくる。悲しい、本当に悲しい、けれど辛い涙じゃない。

魂は再び新しい器を求め、海へと向かう。

そんなルミエの言葉が、悲しみを柔らかなものにしてくれたから。

インターリュード

〜〜〜


幼いころ、彼女の周りには明るい日差しが降り注ぎ、その光が届ける虹色のパステルで、スケッチブックいっぱい色鮮やかな未来を描いていた。

そして、その下書き通りの未来が必ず来る、そう信じていた。

少し気分屋ながらも元気な母親、年の離れた穏やかな兄、優しい祖母と三人で暮らす小さな家は、決して豊かではなかったものの、絶えず笑い声に満たされていた。六歳の時に家を出て行ってしまった父親も、どうしても飼う事を許してもらえなかった子犬も、彼女を一時だけ悲しい気持ちにしたものの、穏やかな家庭がすぐにそれを忘れさせてくれた。

父方の祖父から受け継いだ、明るい栗色の髪と深い青色の瞳は少しだけ自慢だった。愛らしく活発な彼女は家族みんなを魅了し、時折見せる我儘《わがまま》で強情な面も家族は笑顔で受け入れてくれ、彼女は思いつくままに未来を描いていられた。

しかし、ある日を境にそのスケッチブックは、二度と開かれる事はなくなった。

それは彼女の一言が発端の、友人とのケンカだった。振り返っていくら考えてみても何と言ったのかさえ覚えていない、子供ならよくある幼稚な言い争い。

けれど、自分の容姿を鼻にかけている、我儘で自分勝手、漏れ聞こえてきた自分の噂話は彼女を酷く傷つけた。表面的には今までとさほど変わりなく見える毎日。けれど周りとの間に掘られた溝は日増しに深く大きく口を開き、その暗い底を覗き込むたび、失ったものがもう元へは戻らないのだと強く感じた。

結局、中学へ進学する際は地元の公立校を避け、電車での通学となる私立の女子校を選んだ。

環境が変わったなら……。そんな期待も、色鮮やかだった絵に塗り重ねられた黒いパステルは、そんな簡単に消す事はできなかった。

友人同士で笑い合うクラスメイトの姿を見れば、自分を嘲《あざけ》っているように感じ、行事や授業で数人のグループを組む際は、選ばれない恐怖が体も心も凍えさせる。気が付けば、自分からは誰にも話しかける事ができなくなっていた。

そんな彼女が唯一楽しみにしていたのは、好きなラジオ番組に便りを送り、放送で読まれる事だった。そこでは彼女も、他のリスナーと何ら変わる事のない、ごく普通の少女でいられたから。

投稿するのは全部作り話だ。けれどラジオで読まれてしまえば、どれも本当に自分の身に起きた事のように思えてくる。平凡ながらも楽しく充実した時間を、大好きな友だちと大好きな学校で過ごしている、別の世界の自分。

失敗した話には励ましを、悲しい話には慰めを、寂しい夜には心に沁《し》みる音楽を。ラジオは彼女に、彼女が一番欲しいものをくれた。

『ハロー、ルミエールのサタデーエクスプレス。パーソナリティは土曜の愛の超特急、興宮《おきのみや》ひかり。さーて、次はお待ちかね、リスナーからのお便りのコーナー。今日はペンネーム、虹色パステルのお便りから。ハーイ、ルミエールさん、こんばんは。このところ失敗ばかり、傷心中の虹色パステルです。今日はちょっと質問です。実はこの前、友だちの家にお呼ばれしたんですよ。でも手ぶらってわけにもいかなくて、アレにしようかコレにしようかとさんざん悩んだあげく、結局、何を持っていけばいいのかわからなくなっちゃって、行くのやめちゃったんです。だって他の子たちが持ってくるものが、わたしより断然イイものだったらどうします？　受け取った子がガッカリする顔、見たくないですよね？　でも、行かなかった事にも反省したりして、もう、どうすればよかったんだろう。ねえ、ルミエールさーん？　わたし、どうすれば良かったのかな？』

——そうだよね。友だちなら、どんなものだって喜んでくれるよね。でもわたしには、わたしの大好きを押し売りする勇気なんて持てない。

なかなか埋まらない他人との溝。それでも、頼まれ事には笑顔で応え、テストではあまり良い点数は取らないようにし、あまり目立たないよう、身だしなみや髪形には気をつけ、持ち物は文房具に至るまで華美なものは避け、毎日気を張り続けた。

彼女の努力はそれなりに実を結び、どんな事でも嫌がらず誰に対しても笑顔で接する、内気だけど可愛らしい子。それが彼女の評価となった。

そして中学二年となった頃。課題研究で同じ班になった子たちとの勉強会が、持ち回りで彼女の家となった、その時の事だ。

中学生になり、初めて孫が連れてきた友だち、祖母が気を利かせお菓子を持って彼女の部屋を訪ねてきた。けれど彼女は菓子受けに盛られたかりんとうを見て激高した。

都会育ちの友人に年寄りくさい菓子を出した祖母が、そんな祖母を大声で罵倒した自分が、驚いた顔で自分を見つめるクラスメイトたちが、床に転がる幾つもの黒いかりんとうが、堪らなく悍《おぞ》ましいものに思えて、後から後から涙が零れた。

それからかもしれない。湧き上がる激情を、家では抑えられなくなったのは。

祖母によく似て穏やかな兄の顔。祖母の心配する言葉。母親の自分を見る目。いなくなった父親に似た自分の顔。

少しでも気に入らない事があると大声で叫び、壁を殴り穴を開け、コップや皿を叩き割った。それはやがて物から人へと向かい、自傷行為、一番身近な母親に対する暴力、という形で吐露されていく事になった。

学校ではみんなの思う通りの自分でいなければいけない。それは彼女をきつく縛り、ストレスとなって彼女を蝕《むしば》んでいた。発散する捌《は》け口は、家にしかなかった。けれど、そんな行動が心を癒す事などなく、むしろ体も心も傷つくだけ。それをわかっていても、学校で気を張り家で鬱憤《うっぷん》を晴らし、そして自己嫌悪に陥る。その連鎖を断ち切る事ができなくなっていった。

『ハロー、ルミエールのサタデーエクスプレス。リスナーのお便り、続いてはお馴染みペンネーム虹色パステル。ルミエールさん、こんばんはー！　今日は夏休みの予定でも報告しちゃおうかと思います。今度の夏休み、なんと別荘に行く事になりました！　それも、軽井沢、旧軽！　スゴイでしょ？　でもウチの別荘じゃなく、友だちの家の別荘なんですよ。ウチにはそんなイイものありません！ってソコ偉そうに言うトコじゃないですね。それで、スゴク困ってる事があって。あのー、別荘ってどんな服装で行けばいいんでしょう？　普通のTシャツとかでも大丈夫なのかな？　だって軽井沢、旧軽だよ？　友だちは普段通りのままでいいよって言ってくれているんですけど、でも、それじゃ友だちに悪いかなーって。だって周りはみんなお金持ちなわけですよね？　うーんどうしよう？　ホント、誰か教えてー……』

――わたしらしくていい？　耳障りのいい言葉。でも、そんなの嘘！　本当のわたしなんて、誰も受け入れてなんかくれない。だってわたしの住む世界は、見える世界は、みんなとは全然違うものだから。

あんなにも鮮やかに輝いていた世界、なぜ色を失ってしまったんだろう？　誰にも嫌われないように、我儘で傲慢なわたしを殺したのに。

その代わりに素直なわたしを殺してしまったから？　友だちに笑われたくなくて、おばあちゃんが大好きなわたしを殺したから？　失敗してまた一人になる事が怖くて、積極的で前向きなわたしを殺したから？

そうだ。わたしに殺されたわたしが、色を奪っていってしまったんだ。

やりたくもない学級委員を引き受けるわたし、家で食器を割るわたし、悪くないのにすぐにゴメンと謝るわたし、おばあちゃんの死さえ素直に悲しめないわたし、みんなの話す事に聞き耳をたてるわたし、怒らないお兄ちゃんを突き飛ばすわたし、みんな消えてしまえばいいのにと願うわたし、心配するお母さんに悪態をつくわたし。

殺したいわたしは増え続け、わたしに張り付いたままなのに、大切なわたしは、どんどんと死んで、離れていってしまう。

なぜみんなは、そんなに屈託なく笑っていられるの？　何も失っていないから？　みんなには殺した自分はいないの？　殺したい自分はいないの？

みんなの世界は、今でも虹色に輝いているの？

わたしはこんな色のない世界で、どんな未来を描けばいいの？

『ハロー、ルミエールのサタデーエクスプレス、次は最後のお便り。どーも。いつもルミエールさんの声に励まされてる、虹色パステルです！　ちょっと聞いて欲しい事があるんです。今日はちょっとだけ真剣な話。大切な友だちの話。仮にAちゃんにします。Aちゃん、実は今、ずっと塞ぎがちで。その理由というのは、飼っていた猫ちゃんが死んでしまったからなんです。わたし、どう慰めていいかわからなくて。ルミエールさんやみんなになら、どうします？　言えないよね、また飼えばいいじゃないとか。一緒に泣いてあげるくらいしかできないのかな？　でもこの前わたしのおばあちゃんが亡くなって、お葬式の時にお坊さんがこう言っていたんです。誰しも亡くなると必ず天国に行き、そこは明るくて暖かくて気持ちのいい場所、そこでずっと暮らす事になるんだって。だとしたら、死ぬのも悪くないんじゃないかなって思いません？　猫ちゃんも今は気持ちのいい所でノンビリしてるはずですよね？　もう可愛がってあげられないAちゃんは辛いかもだけど、そんなに悲しまなくたっていいって事ですよね？』

――死ぬ事は簡単な事ではない？　きちんと悲しむのは大切？　わかっている、そんな事。でも、それと同じくらい生きるのが簡単でない人もいるし、死なんて悲しいものじゃないって思いたい、そんな人だっている。

これまでに何度となく繰り返してきた自傷行為。それは痛みを感じ始めてハッと気付くほど無自覚なものだったが、切った後は不思議と気持ちが軽くなった。

けれど母親に連れていかれた医者の目に一瞬浮かんだ、またか、というような冷めた感情。それから彼女の興味は、リアルな死へと向かっていった。

図書館などで色々調べ、一酸化炭素中毒が最も確実で楽な方法ではないか、という結論を得る。空気中、僅《わず》か〇・一％含まれているだけで……。

母親が不眠に悩まされていて、医者で処方された眠るための薬を隠し持っている事は知っていた。七輪と練炭は自宅の物置に眠っていたものを見つけた。それに目張りをするための養生テープ、床に七輪を置くためにレンガも用意した。

準備が整い、死の輪郭がより鮮明になるほど心は平穏になる。

壊れかけている娘に、今までと少しも変わらず接してくれる母親。就職を機に家を出たものの何かと気遣い連絡をくれる兄。自分が二人の負担になっているのはわかっていた。もちろん、母親の不眠の原因が自分である事も。

娘を、妹をどうしたら救えるのか、その温かく強い家族の愛情でさえ、彼女を苦しめる凶器に変わってしまう。
彼女の心を癒すのはもはや死の誘惑しかなく、それを引き離すのは容易ではなかった。それが空虚なものだと理解し、何度も突き放そうとしたけれど。

『ハロー、ルミエールのサタデーエクスプレス。パーソナリティはご存じ土曜の愛の超特急、興宮ひかり。リスナーからのお便りの時間だけど、今日はまず、呼びかけから。おーい、虹色パステルー！　どうしてるんだー？　最近お前さんからのハガキが来なくて心配してるんだぞー！　聞いてるなら便りよこせよぉー！　みんな、お前さんの近況、気にしてるんだぞぉー？』

高校二年生の初秋、彼女は学園祭実行委員として準備に追われていた。押し付けられて仕方なく始めたものの、パンフレットのデザイン、レイアウト、近隣の学校、地元店舗へのポスター掲示の依頼、それに出展クラブへの運営指導。その多忙さは彼女に余計な事を考える間を与えず、いつになく平穏な気持ちでいられた。
そんな中、彼女は一通のラブレターをもらう。毎年同じ時期に学園祭を行う同区内の男子校とは実行委員同士の行き来が伝統で、その交流の中で出会った男子生徒からだった。

すぐに断りの返事をしたものの、運悪く彼は、同じ実行委員のリーダー格の子が好意を寄せていた相手で、その子が悔し紛れに流す彼女の悪意ある噂は、瞬く間に学校中に広まる事になった。

好きな子がいるのを知っていながら告白した。告白しておいて自分から振った。自分が可愛いから自惚《うぬぼ》れている。いつもは大人しい振りをしていただけ。

自分がそんな風に噂されているとわかった時には、もうどうする事もできなかった。けれどわかったところで、自分から誤解を解く事などできない事は、彼女が一番よくわかっていた。

けれど、その後も実行委員の仕事は続けた。気まずい雰囲気の中、周りの方が面食らうほど淡々と仕事をこなし、学校にも通い続けた。

そして迎えた学園祭最終日。フィナーレは中庭でライブを行い、キャンプファイヤーを囲みフォークダンスで幕を閉じるのが恒例となっていた。

音楽が鳴り響く中、高く燃え上がる炎の周りにたくさんの生徒たちが集まり、男女入り交じり輪になり踊るのを、彼女は校舎の三階から一人眺めていた。

楽しそうな声、明るい音楽。けれど彼女には、白々と揺れる炎の周りを無数の影が蠢《うごめ》いている、そんな気味の悪い風景にしか見えない。軽快に繰り返されるジェンカやマイムマイムも、彼女の耳には不快なノイズとして流れるだけ。

――もう音楽さえ、わたしには届かない。今度は、どんなわたしが死んでしまったのかな……。


彼女は家へ帰ると、母親に学園祭の成功を告げ、その体験を楽し気に語った。娘が久しぶりに見せる明るい表情に母親は安堵した。

おやすみの挨拶と共に彼女は自室へと向かう。彼女の部屋は二階にある六畳間で、母親とは階を隔てていた。隣の兄の部屋も今は空いている。

夜も更けた頃、彼女は行動した。窓、ドア、隙間を丹念に目張りをし、レンガを床に並べ、用意していた七輪をその上へ置いた。そして練炭を入れ着火剤を使って火をつけた。

初秋とはいえ、夜になると冷え込んでくる。練炭の暖かさが眠気を誘う。段々とオレンジ色に変わっていく練炭を見ていると、体も心も暖まっていく気がした。

ベッドへと腰を掛け、用意していた薬を大好きなドクターペッパーで大量に飲んだ。服は母親に買ってもらったブラウスに青いジャンパースカート。一度ゴミ箱に放り込んだものの、捨てきれなかったとても可愛い服。彼女は鏡の中の自分に微笑んだ。

――うん、いい笑顔。最後くらい笑顔のまま、自分を好きでいなきゃ。

ベッドに横たわり真っ白な天井をキャンバスに見立て、色々な風景を描いてみる。

嫌な事は必死に振り払い、楽しかった思い出、大好きなものだけを虹色のパステルで。

家族でよく行った海水浴場、クリスマスのプレゼントにもらったテディベア、月末になると行くレストランのポタージュ、夢中になって読んだ本や漫画、モネの睡蓮の絵、田舎から送られてくる漬物、大好きなおばあちゃん、おばあちゃんのくれるお菓子。

天井いっぱいに、あれほど描けずにいた鮮やかな色彩の光景が、どんどんと描かれていく。

——目が覚めた時、きっとそこは、あの虹色に輝く世界だ。

夕方空を行き過ぎる飛行機。ベランダから見える、工場の煙突。夏の、花火大会。お母さんの、笑う、顔……。お兄ちゃんの、無口な、背中……。……笑顔、みんなの、笑顔……。

彼女の意識は安堵感に包まれながら、強引な眠気の中に溶けていった。


『……誰だって、寂しかったり悲しかったり、心が折れそうな時ってあるよね。そんな時は頑張らなくていいから、周波数をここに合わせて欲しいな。離れていたって言葉は伝わるから。届いた言葉は全部、受け止めているから。それじゃ、今夜はそんな寂しがりのラジオガールに聞いてほしい、この歌でお別れ……』

〜〜〜

三章　ツナガルトイウコト

駅の改札、多くの人が通り抜けていく。波のように、寄せては返しを繰り返し。メルはその波に翻弄《ほんろう》されながらも顔を上げ、呼び止めてくれる者を探した。けれど通勤通学の時間帯は特に、サラリーマンも学生も一様に前を向いて足早に通り過ぎるだけ。目を留めてくれる者すらなかなか現れなかった。

疲れた体をドサリとリクライニングシートに沈める。暗い部屋にパソコンのディスプレイの光。眩しそうに眼を細めつつ、メルはパソコンに向かう。

『ずいぶんと狭い部屋なのね。ここが前に泊まろうとした、えーと、ネット……？』

「インターネットカフェ。ネカフェだ。プライベートは保てるし、女の子専用のエリアもあるから、まぁ安心できる。公園よりずっとマシだろう？　部屋から食べ物も注文できるし、ネットも使い放題だしマンガも読み放題。ほとんど暮らしてるようなヤツもいるらしいぜ」

『暮らしている？　ここで？　信じられない』

注文したカレーが運ばれてきた。空腹のあまり、まるで飲むようにお腹へと入れていく。

「寝る所が無いならずっといてもいいのに」日名子はそう言ってくれ、いつでも連絡してと電話番号も教えてくれた。先の見えない行動にいつまでもつき合わせるわけにもいかず、今晩からは日名子に作ってもらった会員証を使い、ネットカフェで寝泊まりする事にしたのだ。

メルはカレーを食べ終えると、コーラを持ってきて一息に飲み干してしまう。

「こうして寝る所や食べるものにありつけるのも、信枝ばあちゃんのお陰だな。ほんとありがたいよ。けれど、何日たってもこの子に声かけてくるヤツが一人もいないなんてな。ちょっと簡単に考えすぎてたのかも」

『そうね、もしかしたら、この駅は生活圏ではなかったのかもしれないわね』

「どうする？　ここがダメなら、場所を移すか？　でも、どこに行けばいいんだ？」

『それこそ、警察に行くしかないかしら』

「警察か、やっぱなんかイヤなんだよなぁ。何でだろう」

『とにかく、明日一日頑張ってみましょう。それで駄目なら、その時考えればいいのよ』

「ルミエはポジティブだよな」

『声だけのわたしがネガティブだったら、質《たち》が悪い霊みたいじゃない』

　二人でひとしきり笑った後、メルはふと真顔になり、ルミエに尋ねた。

「あのさ、オレ、ずっと気になってたんだけどさ。信枝ばあちゃんにルミエ言ったよな？　記憶は忘れられるけど、魂に刻まれた思いは消えず次へ引き継がれるって。引き継がれるってなんだ？　辛い記憶もそのままって事なのか？」

『生きている時の楽しい思いや嬉しい思い、それだけでなく辛い思いも悲しい思いも同じように魂に刻まれる。それは死と共に失われる肉体と違い、余程の事が無い限りは魂の経験値としてどんどん積み重ねられていくのよ』

「じゃあ月子は死んでもあんな辛い思いを引きずっていなきゃいけないのか？」

『でもね、どんなに辛くても月子ちゃんは死を選んだりしなかったでしょう？　その強さが次に命を得た時に大きな財産になるのよ。生きる事を楽しみ喜びを得る、そういう経験ももちろん大事だけど、辛さや悲しみを乗り越える事は魂の強さや優しさに変わる。だから全ての思いは魂にとって意味のある事なのよ。それに安心して。魂の経験値は記憶とは違うから。何度も言っている通り、生まれ変わった時に前世の記憶が残る事はないから』

「そんな経験値を積み上げて、どんないい事があるんだ？」

『幼い頃にもう、人にはそれぞれ性格があるでしょう？　その性格は積み重ねられた魂の経験値で決まるのよ』

「でもさ、今辛くて悲しくて仕方ないヤツに、生まれ変わったらイイ事もあるかもしれないから頑張れよ、なんてルミエは言えるのか？　オレは言えない」

『けれど辛さや苦しさに耐え兼ねて、罪を犯したり自堕落に生きた魂は、それこそ魂に深い傷を残すことになる。その傷は積み重ねた魂の経験値を奪う。なによりも、精一杯に生きて辛苦を乗り越えた魂は美しく、美しい魂は美しい器へと導かれていくものだから』

「それって前に話してくれた、美しい魂は美しい器に、穢《けが》れた魂は穢れた器に入るってやつだよな。でもなんか納得できないな。乗り越えるってなんだよ？　我慢しろって事？　ヒデエ目に遭ってもヘラヘラしてろって事？　それに悪いヤツは何度生まれ変わっても悪いヤツって事なのか？」

『そういう事ではないの。あのね……』

ドンと隣から壁が叩かれた。メルは苦笑いをするとシートを倒し、ラジオに囁《ささや》いた。

「ともかく、明日一日は、頑張って立ちんぼするよ。おやすみ」

翌日、早い時間にネカフェを出ると、早速駅へと向かった。いつものようにしばらくの時間そうしていたが、メルはハッとして独り言をつぶやいた。

「なんだか今日は人、少ないけど。あぁ、そうか、今日は土曜日か……」

『あら、土曜日って学校休みなの？』

「ずっと前からそうだぞ？　そんな事も知らねえなんて、ルミエってやっぱ相当ババアなんじゃねえの？」

『失礼ね。メルにババア呼ばわりされるような年じゃないわよ、わたし』

ルミエの怒った声に笑みをこぼしていたメルは、じっと自分を見つめる視線に気が付いた。

スカートにサマーニットを着た眼鏡の少女。長い髪を後ろで結んでいる。驚いたように口を開きつつも、メルを見る目はきつく表情も硬い。

そして、声高に独り言を喋るその奇異な少女が、自分の知る者であるかを確かめるように、恐る恐る声を掛けてきた。

「ねぇ、オキウラさん？　オキウラさんだよね？　なんでこんなトコに？」

「アンタ、オレ、じゃなかった、ワタシの事、知っているのか？　ワタシ、オキウラっていう名前なのか？」

「……え？　……オキウラさん、よね？」

「いや、ちょっと説明しづらいんだけど、ワタシ、自分が誰だか、わからなくなっちゃったっていうか。とにかく、自分の名前とか住所とか、全然わからないんだよ」

「記憶喪失、って事？」

「まぁ、そんな感じ」

少女は眉間に皺を寄せ、眼鏡の奥の目を細める。

メルは初めて自分を知るかもしれない者に出会えた興奮で、思わず声が上ずる。

「信じられないとは思うけど、ホントなんだよ。正直、困っている。なぁ、教えてくれよ、ワタシの事を。アンタ、知っているんだろう？　オレの住所とかさ？　あ、オレじゃなかったワタシだった」

「……本当なの、それ？　私をからかっているんじゃないの？」

「からかってなんていねぇよ。ホントなんだって」

それでもなお、少女はメルへの懐疑心を捨てられそうにはないようで、じっと睨みつけたままだ。

「頼むよ、アンタが知っている事だけでいいんだ。別にアンタが損する事なんてないだろ？」

焦る気持ちを抑えきれずメルの言葉が荒れる。少女は視線を泳がせ、どうしようかと一瞬思案した。けれどメルに一歩近づくと、こう告げた。

「なら教えてあげる。あなたの名前は沖浦《おきうら》那波《ななみ》。二か月くらい前、自宅で母親を殺して自分も自殺を図った。電車に飛び込んだのよ。大きな怪我にはならなかったものの、そのまま意識がない状態だって聞いたけれど。あなた、こんなトコにいていいの？」

まるで想像もしていなかった事に、メルは言葉が出なかった。ルミエも短く驚きの声を上げたきり、黙り込んでしまった。

「嘘だろ、人殺しだなんて。だって、この子、まだ子供じゃねぇか？　アンタはこの子の友だちなのか？」

「この子？　まぁ友だち、だった事もあるかな。学校が一緒なの、今はクラスが違うけど。でも、あなたが母親を殺したのは本当だよ。テレビでもやっていたし、ママも警察に色々聞かれた。私のママ、保護者会の会長だったから」

「それにしたって、母親を殺すだなんて」

「本当に何も覚えていないの？　あなたがやったのよ？　自分のお母さんを殺すだなんて、本当にひどい」

「マジかよ。どうしたらいい、ルミエ？　黙ってないで、答えてくれよ」

『とにかく、確かめてみたいわね。その子の言っている事が、本当の事なのかどうか』

少女には、メルが独り言を言っているようにしか見えない。だんだんと気味が悪くなってきたのか、少女はメルと距離をおこうとゆっくりと後退《あとずさ》りする。

メルはその腕をギュッと掴むと、必死でお願いした。

「なぁ、頼むよ！　この子の住んでいる所や他の事でも、何でもいい。知ってる事、全部教えてくれ！」

「もう私、行く！　友だちと約束があるの」

「オレ、もっとこの子の事を知らないとダメなんだ！」

メルは今にも悲鳴を上げそうな少女の手を引っ張り、強引に駅構内のカフェへと連れ込んだ。

「オレが奢《おご》るからさ、頼むよ、少しだけ時間をくれよ」

そうやってようやく聞き出したのは、メルの魂が器に選んだこの少女が、私立の中学校に通う三年生、十五歳の沖浦那波という少女だという事。

幼い頃に父親とは死別していて、ずっと母娘二人で過ごしてきたらしい。特に非行歴もなく、むしろ真面目過ぎるくらいの優等生。事件前にも特に変わった様子はなかった。

けれど、沖浦那波は母親を殺し、自らも命を絶とうとした。

「沖浦さんの家って、お父さんいないし、お母さんもちゃんとした仕事してなかったみたいで、生活は大変だったんじゃないかな。持ちモノもなんか貧乏くさいし、髪型もダサくて、美容室じゃなくて自分で切ってるって噂だった。一年の時だったかな、友だちの誕生会で沖浦さんもお呼ばれされたんだけど、休日なのに制服で来たんだよ？　おまけにプレゼントが手作りのクッキー。子供じゃあるまいし、マジ信じられないってみんなドン引きだった。そんな女の子らしい恰好しているから、沖浦さんってすぐにわからなかった」

　那波と同じ中学校の友だちだという、その赤井美紗《あかいみさ》という少女は、さっきまでの警戒心が嘘のように、口が滑らかで聞いてもいない事までよく喋る。

　美紗には、自分が那波とは別人格で、性別も男だという感覚があるのだとは伝えた。それからは、目の前にいる友人の信じられないようなシチュエーションを、少し疑いつつも楽しんでいるように見えた。

「笑っちゃうのが、沖浦さんってメチャ地味だったのに、お母さんはド派手で、もろお水って感じでさ。金髪で香水の匂いプンプンさせて保護者会に来るもんだから、ウチのママ、スゴク怒ってた。教育上悪いって。それにテレビでも言ってたよ、とっかえひっかえ男の人と付き合って、家にまで男の人を連れこむようなお母さんだったって。昼でも酒臭いって近所でも有名だったみたい」

「そんな事くらいで自分の母ちゃんを殺しちゃうとか、信じられねぇけど」

「でも、自分の母親がそんなだったら、私だってイヤだな。それにビンボーなのもそのお母さんのせいでしょ？　お金がないなら私立になんて入れなければいいのにって、ママ言ってた。私もそう思う。そのせいでイジメとかもあったし、学校でも浮いてたし。きっとお母さんの事を恨んでいたんだろうって、ウチのクラスでも話題になった」

美紗の言う事が本当なら……。メルはこの沖浦那波という少女に同情してしまう。他人とは思えない、複雑な気持ちも湧いてくる。

「でも、真面目だし優等生だったんだろ？　そんな子がさぁ……」

「だからぁ、普段そうやって無理して、不満とかストレスとか、溜め込んでいたんじゃないの？　バカマジメで融通が利かない、沖浦さんみたいな子が一番ヤバいんだって」

「真面目って以外にさ、この子の学校での様子って、どんなだったんだ？」

「そうだな、あんまり笑わないし余計な事は喋らない。いつもつまらなそうにしてて、なんか無感情な感じ。正直、何考えているんだか、わからない子だった。多分、沖浦さんて自分以外の人間に興味なかったんだと思う。確かに頭はイイかもだけど、他人と打ち解けようって気も全然なくて友だちも少ないし。そうそう、それとお母さんに再婚の話があって、それを壊そうとして母親と揉めてたらしいよ。それがこんな事件を起こすキッカケだったんだろうって。なんか、結婚相手の事も熱心に調べてたみたい。コワー」

「それもテレビで言ってたのか？」

「ウチにテレビ局の人が来て、私もインタビューされたんだ。顔は出なかったんだけど、すぐに私だってわかったみたいで、学校でみんなにも、美紗ちゃんテレビで見たよって言われちゃった。近所の人にも。やっぱテレビの影響力ってスゴイよね」

「で、アンタはどうなんだ？　アンタは那波が母親を殺したって思っているのか？」

カフェのチョコチップクッキーに齧《かじ》りつくのに夢中の美紗は、唇を舐めながら答える。メルとは目も合わせようとしない。

「みんな思っているよ、沖浦さんなら有り得るって。さっきも言ったでしょう？　あいう子が人を平気で殺しちゃうんだって。それに警察もテレビも犯人は沖浦さんだって言っているんだよ？　しかも目撃者もいるんだから。もう信じるしかないでしょ」

「警察やテレビの言った事は、全部正しいのかよ？」

「だってテレビだよ？　ウソなんて言うわけないよ」

ギリ、メルは奥歯を強く噛んだ。

「わかった。だったら」

メルは美紗の頬を両手で掴むと、顔を突き付け睨みつけた。否応なく間近でメルと向き合う美紗。ポトリと手からクッキーを落とし、表情が凍る。

「今、オレと話しているんだ、ちゃんと目見て話せよ！　オレは人殺しだってテレビが言っていたんだろ？　母親殺しちまうような人でなしなんだ、何するかわからねぇぞ？　イヤだろ、そうやってボリボリと美味しいクッキー食えなくなるのは？　だったら、誰にも言うなよな。オレと会ったって事は。わかったか？」

　美紗は震えながら頷いた。


『メル！　なんであんな脅かすような事を言ったの？　あの子、震えていたじゃない！』

「だってアイツ、この子の事、これっぽっちも心配してなかったじゃん。それに、友だちだったとか過去形にしやがって！　すげー嫌なやつ！」

『そうかもしれないけど、あれはやり過ぎでしょ。とにかく早いうちに那波ちゃんの家に行って、何かメルに繋がるものを見つけないと。本当に殺人なんて事に絡んでいるなら、警察だって捜しているだろうし、時間はそうないはずよ』

「よくあんな人の多い所にいて、捕まらずに済んだよな。けど、オレ嫌だぜ。このまま母親殺しの犯罪者として生きていくなんて」

　美紗に聞いた沖浦那波の家は、メルが立ち続けていたあの駅から電車を乗り換え三十分ほど、駅こそ一つ手前だが日名子と月子の家と同じ町にあった。けれど那波の家は真新しい二人の家とは異なり、古い市営団地だった。

人に聞いてみると、その市営団地までは駅からバス便で行くのがいいらしい。けれど、バス待ちの列が長く伸びているのを見て、歩いて向かう事にした。

「この那波って子が本当に母親を殺していたんだとしたらどうするんだ？　この体から逃げちまった那波の魂を見つけて、罪を償わせるのか？」

『わたしたちの目的は、メル、あなたが誰かを探る事でしょう？　でも、本当に那波ちゃんがそんな罪を負っているのだとしたら、その罪は償う必要があるでしょうね』

「那波の魂はどこへ行っちまったんだ」

『本来の居場所である肉体がこうして元気なのに、離れてしまったきり魂が戻らないという事は、戻りたくないという強い意志があるのかもしれない』

「やっぱり、那波は母親を殺したんじゃないのか？　それってこの身体に戻りたくない理由になるし。何か腑《ふ》に落ちないけど」

しばらく蛇行した道を歩き続けると、道は緩やかな坂から少し勾配がきつくなり、息が弾んできた。

『だから、それを確かめるために那波ちゃんの家に行くの。さぁ、がんばって歩いて。那波ちゃんの家はもうすぐなんじゃない？』

その坂道の途中、お寺の前に信号があり、そこを左折すると中学校へと向かう古い桜の並木道がある。並木道の突き当たりが中学校、その手前を曲がるとすぐに、那波の住んでいた団地があった。

味気なく古びた四階建ての建物。団地の目の前には小さな公園があるが、今そこにいるのは二匹の野良猫だけ。ベンチと椅子の外されたブランコしかないそこに、子供の姿はない。

所々亀裂を補修した跡があり老朽化しているものの、団地には人が住んでいる様子がある。けれど昼間だというのに人気はない。それもそのはず、団地建て替えの案内が掲示板に出ていて、大半の住民は立ち退きを終えているようだった。

行方をくらました沖浦那波を捜すため、警察が張っているかもしれない、そう思い用心深く辺りを窺ったが、幸いその気配はなかった。

部屋に向かう入り口は二か所あり、一階の階段脇に各部屋のポストが並んでいる。周りに人がいないのを確かめてから、ポストに書かれている名前をあたる。最初の入り口には八個のポスト。名前が書かれているのは三軒、その中に少し消えかかった沖浦という名前を見つけた。

『ここで間違いないわね』

「アイツ、嘘は教えなかったんだな。けど、来たはいいけど、中にどうやって入ろう？」

そう言いつつもメルは何の疑いもなく、ポストの真一文字に開いた口に手を突っ込んだ。

『何しているの？』

「いや、ここに鍵がある気がして……。あっ、ホントにあった」

ポストの天面にガムテープで張られた鍵を見つけたメルは、思わず声が弾んでしまい慌てて周りを見回した。

自分はなにせ逃亡中の殺人犯、気を付けなければいけない。

人目に触れないように警戒し、階段を上った。エレベーターはついていない。〈4A沖浦〉の表札を確かめ、鍵を開ける。鉄製の重い扉はギィーと嫌な音をたてて開き、ドキドキとしながら中へと入ってみた。カギとチェーンを掛ける。

カーテンが引かれた室内は、薄暗く埃くさい。玄関右脇にお風呂とトイレ、左手には台所があり、奥には二部屋。右手のふすま戸を開いてみると、プーンと甘い香りが鼻につく。鏡台に衣装ダンス、そしてそこに入りきれない衣類が散乱している。

鏡台の上にも化粧用品が山積みになっており、ここは例の母親の部屋だろうとメルにもすぐにわかった。その左の部屋は四畳半ほどの小さな部屋で、下が机になったベッドとベビーダンス、こちらは母親の部屋とは対照的に、綺麗に片付けられている。

「ここが那波の部屋だな」

やはりカーテンが引かれていたが、メルはそれを思い切り開くと、外へ目をやった。高台にある団地の四階。視界いっぱいに町を見下ろせる。

『どうしたの？』

「那波はこの景色を見て育ったんだな。遠くまでよく見えるよ、家しかないけど」

『そうね。もっと暗くなると、夜景が綺麗かもしれないわね』

「そうだな」

霞むほど小さく見える都心のビル群、一際目を引くタワーにはまだ明りは灯っていない。メルは胸がズキリと痛む思いに戸惑いながらその風景をしばらく眺めていたが、下校時間を知らせるアナウンスが流れたのを機に、名残惜しそうにカーテンを引いた。

「さてと、何を探せばいい？」

『そうね。できれば電話帳のようなものがあればいいんだけど。日記や手紙とかアルバムでもいい。どこか連絡先や、那波ちゃんの事がわかるものを探して』

那波は母親とは違い余程几帳面とみえ、机の上も本棚もきちんと整頓されている。むしろ中学生という年齢を考えると、綺麗に片付き過ぎている、という印象すらある。美紗が言っていた、バカマジメ、という那波の評価も、あながち嘘ではないのかもとメルも思った。

それにしても、持ち物の少なさが気にかかった。少女なら一つくらいはありそうな、縫いぐるみや小物雑貨の類なども一切飾られていない。物に対して執着がない少女だったのだろうと、メルは想像する。もっとも探し物をするには楽だったが。

「やっぱ何もないな。電話帳なんて、あったにしても警察が持っていっちゃってるだろうし。そもそも日記なんてつけてるヤツ、今時いないって。手紙にしろアルバムにしろ、そんなものなくたってスマホがあれば事足りちまうし」

『スマホって日名子ちゃんも持っていたやつね。けれど何か不便なものなのね、スマホって』

「違うって、便利なんだよ。わかってねぇな、ルミエは」

その時、メルは机の上のラックに並べられている参考書や問題集に交じって、一冊だけ絵本が挟まれているのに目がいった。ふと気になって手に取ってみると、余程読み込んだのか表紙は薄汚れてボロボロだった。

自分も読んだ事がある、そんな既視感を覚えつつページを捲《めく》っていくと、ハラリと一枚の写真が足元に落ちた。拾い上げて見てみると、その写真は幼い頃の那波を海を背にして写したもので、その隣には恥ずかしそうに横を向く少年の姿があった。

写真から目が離せない。しばらく黙ったきりのメル。

『……メル？』

メルは深い深呼吸を一つした後、ゆっくりと写真に写っている少年を指さした。

「これ、多分オレだよ。それと、ここ。ここはオレの生まれ育った町だ。海だ」

〜〜〜

油の匂い、黒ずんだ床。壁に貼られた沢山のポスターは、どれもバイクや車の写真ばかり。

祖父の家は店舗付きの住居で、営んでいた自転車屋の店内には自転車とバイクが所狭しと並べられていた。真新しいスクーターから、とても古そうな大きなバイクまで、どれも手入れが行き届いているのかピカピカに輝いている。

小学校に上がる前から、毎年夏休みの間はずっと祖父母の住むこの家で過ごす。店中に染み付いたオイルの匂いを嗅ぐたび、ここへ帰ってきたのだと嬉しい気持ちが溢れてくる。

祖父母の住む町は、店といえば居酒屋が一軒に電気屋、年寄りが一人でやっている名ばかりのスーパーがあるくらい。以前は小学校もあったのだが今は統廃合され、残った校舎は緊急時の避難場所として使われている。出歩く人もあまり見かけないとても寂しい町だ。

もっとも、電車なら数駅、車で十分ほど走れば、夏は観光客で溢れるような大きな町がある。けれど幼い頃に祖父に一度連れて行ってもらったきり、今は電車の乗り換えの際に降りるだけで、わざわざ足を運ぶ事はない。

なぜなら、祖父の住むこの町には緑も溢れ、空も広い。何よりも美しい海がある。

家から海までは目と鼻の先。国道沿いにある小さな砂浜、遠くまで続く磯。岩礁で外海と隔てられている砂浜は波も穏やかだが、町には行楽客向けの店がほとんどなく、真夏でも人は疎《まば》らだ。夕方になり陽も翳ってしまえばなおさら、静かな海を独り占めできる。

普段はなかなか海を見る機会に恵まれない那波は、空と繋がる海、水平線を見る事が大好きだった。空の青色と海の碧色が作る、どこまでもまっすぐな線。

砂浜を見晴らす高い堤防の上は、那波のお気に入りの場所。ここに座り海風に晒されていると、時が経つのを忘れてしまう。町に午後五時を告げる音楽が鳴り響き、ようやく那波は祖父の家へと帰る。

祖母が生きていた頃は三人で、祖母が亡くなってしまった今は祖父と二人で過ごす夏休み。母親とは離れ離れになってしまうが、少しも寂しいと思った事はなかった。

――知らない誰かが家にいるくらいなら、ここでこうしていたほうが、ずっといい。

それに、あんなママなんて見たくない。

祖父はもの静かな人で、特に那波にベタベタする事はなかったが、時間を見つけてはバイクに乗せて海沿いの道を走ってくれたり、海に泳ぎに連れていってくれたりした。

祖母はいつもニコニコしている優しい人で、料理上手の祖母の作るものは、どれもお店のものよりも美味しいくらい。ここで祖母の作る料理を食べる事も、ここに来た時の大きな楽しみの一つだった。

「おかえり那波。お風呂が沸いているから入ってしまいなさい」

夕方暗くなるまで外で遊び、帰るとすぐにお風呂に入り、出てきた頃には夕食の支度ができている。三人で食卓に並び一緒に食べる料理の美味しさ。

「今日は何をして遊んでいたんだ？」「ほら、これもお食べなさい」「食べ終わったら、ばあちゃんとクッキーを焼くかい？」

世話をしてくれる人がいる。大事に思ってくれる人がいる。まるで普通の家の子供みたい、それだけで那波は嬉しくなってしまう。


那波のお気に入りの場所は他にもある。

砂浜のすぐ隣には小さな漁港、その先に延びる荒々しい磯は恰好の遊び場所だ。危ないから一人で磯に近づくなと言われていたが、そこにいる蟹《かに》や綺麗な小魚目当てに平気で磯に下りて遊んでいた。

その磯で那波は少年と出会った。それは、梅雨の季節に突然祖母が亡くなり、祖父と二人で迎えた今までで一番寂しい年の夏。

　祖母に教わったおかげで、最近では夜の勤めに出ている母親に代わり、ほぼ毎日のように料理をするようになっていた。クッキーやケーキも一人で焼けるようにもなった。これからもずっと祖母にそうして色々な事を教わっていけるものだと思っていた。

　それなのに……。

　いつもの通り磯に一人でいた那波は、防波堤の上に立つ少年に気が付いた。首を左に傾けた姿は、何か考え事をしているように見える。だが自分を見る那波の視線に気付いたのか、少年は器用に岩を飛び移り近づくと、得意げな顔を那波に向けた。

「オマエ、毎年東京から来ているヤツだよな。大崎輪業《おおさきりんぎょう》のおっちゃんの孫なんだろう？」

　少年は那波よりもずっと背が高く、気の強そうな目が印象的な子だった。言葉使いは乱暴だが、笑みを浮かべる口元から覗く八重歯が可愛らしく、怖さは感じない。

「東京じゃないよ。でも、電車にたくさん乗らないと来られないんだ」

「なんだ、東京じゃないのか。ま、オマエ、何か都会っぽくないもんな」

　初めて話すのに馴れ馴れしい。那波は少年の顔を睨んだ。

「オマエさぁ、なんで浜で泳がないの？　磯には危ないから来るなって言われなかったか？」

「私、あまりうまく泳げないし、色々な生物が見れてここの方が楽しいから。それに危なくなんてないよ。だってたまに釣りしてる人もいるじゃない」

「オマエはガキだろ、足滑らせでもしたら、ザックリ切れちまうんだ。そしたら痛ぇぞ」

「……」

「ここでどうしても遊びたいなら、オレが一緒に来てやる。一人じゃ危ないからな」

「え、でも、知らない人となんて」

「知らなくねぇよ。おっちゃんに聞いてみろよ。オレのウチ、大崎輪業から五分もかからないトコにあるんだから。オレと一緒なら磯で遊ぶのも許してもらえるって」

「わかった。じいちゃんに言ってみる」

「おう！」

なぜか嬉しそうに笑う少年の顔に、那波もつられて笑ってしまう。那波の笑顔に少年は顔を赤くして横を向いた。ゴワゴワな長い髪、薄汚れたTシャツに短パン。膝には無数の傷。学校の男の子たちとは全然違う。

「名前、なんていうの？　私は那波。沖浦那波」

「大崎じゃないんだな」

「うん。大崎はお母さんの結婚前の苗字。沖浦は死んだお父さんの苗字なの」

「オレは海人《かいと》。海の人でカイトっていうんだ。そうか、オマエは母ちゃんしかいないのか。オレは親父しかいない。親父と二人で暮らしているんだ」

年齢は那波が小学校四年生、海人が小学校六年生、二つ違いだった。

「大崎のおばちゃん、すげえ優しかったよな。オレ、手作りの菓子とか結構もらったんだ。いつもニコニコしてたし、おっちゃんとも仲良くて一緒に散歩してるのよく見た」

「ばあちゃんの事、知ってたんだ？」

「メシ食わしてくれた事もあったよ。おばちゃん、おしゃれな料理も作るじゃん？一番好きだったのは洋風の煮込みみたいなヤツ。スゲー美味かったな。あんなの初めて食った」

那波は胸が締め付けられるようにキューーとなった。

あんなに優しかった祖母も、今はもういない。二度と笑いかけてくれる事はない。そう考えるだけで、涙がポロポロと零れ落ちてしまう。

「泣くなよ。さっきも泣いてたろ？　大好きな人が死んだからって、あまり泣くのはダメなんだぞ。あの世って結構イイ所らしいから明るく送り出してやれって。オレのばあちゃんが死んだ時に、寺の坊さんが言っていたんだ」

「うん」

「おばちゃん、向こうでもきっとニコニコ笑ってるって。オマエがいつまでもメソメソしていたら、おばちゃんだって悲しむぞ」

「でも……」

「オレのほうが兄ちゃんなんだ。ちゃんと見習えよ」

目尻に浮かんだ光るものを慌てて拭いながら、那波から目を逸らす。

――見た目より、ずっと優しいんだ。

那波の少し火照った頬を潮風が舐めていく。


〜〜〜


――ここだ。探していた、海。オレは、ここで生まれたんだ。この海のある町で。

メルは写真を睨んだまま、必死で考えた。

――オレは何をしようとしていたんだ？　どこかへ向かっていた？　何か、すごく焦っていた気もする。

どれくらいそうしていたのだろう。陽が翳ってきたのか、カーテン越しの薄い陽射しが、部屋の奥までオレンジ色に染めていく。

ふと体の軽さを感じ、写真から目を上げる。メルに見えたのは雨漏り跡の付いた天井。慌てて周りを見回すと眼下に机があり、その上には無造作に置かれたラジオが見えた。

そして、そのラジオの横に座る人影。

白地に柄模様のブラウスに青いジャンパースカート。透けるように白い肌、淡い茶色の髪色。絵からそのまま抜け出したような美しい少女の姿は、いっそう暗くなりつつある部屋の中、明るく浮かび上がって見えた。

少女はゆっくりと上を見上げ、濃い青色の瞳でメルを捉えた。

「ルミエ、なのか?」

「わたしが見えるのね」

「何で、見えるようになった?」

「メル、見て」

ルミエの指さす先に、床に横たわる那波の姿があった。

「あなたの魂が、那波ちゃんの体から抜け出してしまっているのよ。今、あなたの魂が完全に離れてしまったら、その身体は空の躯になってしまう。早く戻ってあげて」

「どうやったら戻れるんだ?」

「あなたたちの心は繋がっていたのよ。だから、あなたは那波ちゃんの肉体から零れずにいられた。あなたの那波ちゃんへの思いがそれを叶えたのなら、那波ちゃんの事を強く思ってあげれば、きっと戻れるはず」

「でもまだオレ那波の事、全然思い出せないんだ。何もわからないのに、何を考えればいい？」

「わかった。じゃあ、那波ちゃんの顔、見てあげて。そう、もっとよく。睫毛《まつげ》は長く、口も小さくて可愛らしい。そう思わない？　その顔に見覚えはない？」

メルは照れながらも、ゆっくりと那波の顔を覗き込む。

――ルミエの言う通り、本当に可愛い子だな。それにオレは子供の頃からこの顔を、那波の事を知っていた。だとしたら、オレは何をするつもりだったんだ？　那波の体に入ってまで？　もしそれが、那波にとって必要な事なのだとしたら、オレはまだ、この体から離れるわけにはいかない。

そんな事を考えながら、ゆっくりと目を閉じた。

ズンと体に重さを感じる。頭の中にゆっくりとお湯が流れ込んできたような暖かさを感じ、だんだんと意識が遠のく。

『……メル』

耳にルミエの声が微かに聞こえ、ゆっくりと目を開ける。

そこには美しいルミエの姿はない。自分がさっきと変わらないうす暗い部屋の床に横たわっているのがわかった。机の上に無造作に置かれたラジオが、ルミエの声だけを届けていた。

「オレ、戻れたのか？　那波の体の中に？」

『そうみたいね。良かったわ、戻る事ができて』

メルはまだボンヤリする頭を、ブルブルと振ってみる。

『大丈夫？』

「あぁ。だんだん、目が覚めてきたよ」

不思議な感覚だった。体が浮遊している軽さ。意識が空気に溶け込みそうな感じ。

「なんで魂が抜けそうになったんだ？」

『あなたが、自分が誰かを思い出しそうになったからじゃないかしら？　わたしにもよくわからない。けれど、ここであなたが那波ちゃんから離れてしまったら大変だった。どう？　歩いたりは大丈夫そう？』

「ああ、問題ないと思う」

『とにかく、その写真の場所が何処かを知りたいわね。那波ちゃんと一緒に写っているのは誰かしら？　せめて何か一つくらいわかるといいのだけれど』

その時だった。玄関の扉の鍵をガチャリと開ける音がした。

チェーンをかけていたお陰で、すぐに扉が開かれる事はなかったが、那波に呼びかける大きな声が室内に届いた。

「沖浦那波ちゃんね？　警察よ。いるのはわかっているわ、ここを開けなさい」

メルが舌を鳴らす。

「くそっ。見つかったか。どうする？　四階からじゃ飛び降りるわけにもいかない
し」

『逃げられるわけないわ。大人しく従ったほうがいい』

「嫌だよ、警察に捕まるなんて」

息を潜め耳を澄ましていると、チェーン鍵を切っているのか、ギコギコという鈍い音が聞こえる。メルは気付かれないよう、ゆっくりと玄関に近づくと、扉の開く時を狙い身を屈めた。

大きな音がして、扉が開けられた。

三人の警官が室内に入ってきたタイミングで、メルは勢いよく部屋の扉の陰から飛び出すと、その足元を縫うようにすり抜けた。

「しまった！　追うわよ！」

ラジオを片手に階段を駆け下りるメル。思うように足が運べない。ひ弱な身体が恨めしい。一階まで下りたところで、膝が笑いバランスを崩した。よろめくメルの腕を、若い警官がグッと摑んだ。

「痛っ！」

その手を払った勢いで転んだメルに、警官が掴みかかろうとする。

「この野郎！　痛ぇだろぉ！」

寝そべったまま顔を蹴り上げると、警官はお尻から床に落ちた。

その隙に立ち上がって逃げようとしたところを、後から来た婦警が馬乗りになり、肘を摑まれ、メルは身動きが取れなくなってしまった。腕が、背中が、体中が悲鳴を上げる。

「痛ぇーっ！　ちくしょー、離せっ！　離せよっ！」

「大人しくしなさい！」

団地の敷地に響く、メルの叫び、警官の怒鳴り声。

姿の見えなかった団地の住人が、声に誘われるように数人、顔を見せた。

眉を顰めひそひそと囁かれるのは、きっと良い話ではない。蔑《さげす》むような、哀れむような目。頭に去来する記憶。

痛みと悔しさで涙が出そうになるのを、メルは必死で堪えた。

ベッドの上で、天井を見つめる。

真っ白な病室、部屋もカーテンも天井も、みんな真っ白だ。こんな所にいると、自分だけ汚れているような気になり気が滅入ってくる。

「くそっ！」

メルは力任せにベッドの柵を叩いた。ガチャッと大きな音がする。

「ダメよ。点滴の最中なんだから」

若い看護師が窘《たしな》める。さっきまで数人の警官がいて騒がしかった部屋は、今は看護師と二人きりだ。強く吹き付ける風が、窓をガタガタと鳴らしている。

メルは捕まった後、すぐに体調を考慮して病院へと連れてこられた。思っていた通り、那波は入院していた病院から抜け出し、行方がわからなくなっていたようだった。

医師の診察の結果、まだ栄養状態は良くないものの、健康上問題はないという事で、医師と看護師立ち会いの上で簡単な取り調べが病室で行われた。

自分は那波でないと主張し続けるメルに、警察は手を焼いた。

しかし、医者からストップがかかり病室を出る間際まで、警官はメルに向かって問いかける事を止めなかった。中でも戸川《とがわ》と名乗った冷たい感じの婦警は、何度も繰り返し同じ質問をしてメルを苛立《いらだ》たせた。

――そうだ。ルミエは？　ルミエと話したい！　ラジオはどこだ？

病院に連れてこられ、病院着に着替えさせられるまでは確かにあったはず。

「看護師さん！　ラジオは？　オレの持っていたラジオ、どこへやった？」

「あなたの所持品は全て、着ていた服と一緒に病院で預かっているわ」

「返してくれよ。あれがないと困るんだよ」

「ごめんなさい。警察の許可がないと、渡してあげられないのよ」

「お願いだ。ただのラジオじゃん。あんなもので外との連絡なんて取れやしないだろ？　そういう事がマズいんだろう？　オレはただラジオを聞きたいだけなんだ、お願いだから返してくれよ」

看護師は少し考えてはいたが、あまりに必死なメルの様子に絆《ほだ》されたのか、保管されていたラジオを持ってくるとそっと手渡してくれた。イヤホンも一緒に。

「それ、イヤホン使えるわよね？　静かに聞いてちょうだい」

看護師が病室から出ていった。ガチャリと鍵が下ろされる。窓を見れば鉄格子。メルはため息をつきながら、ラジオの電源を入れた。

『まったく、あなたときたら。あんなに暴れたらダメじゃない。どう見ても、あなたが罪を犯しているようにしか見えないわ』

怒った口調でメルを窘めるルミエの声。

けれど、それでもメルは嬉しくなり、ラジオを握りしめた。不安で潰れきっていた心に、スゥーと新鮮な空気が入り、大きく膨らんだような感じだった。

「ルミエ、わかるか？　ここ隔離病棟だぜ？　部屋にまで鍵かけられて、もう外にも出れやしねぇよ」

『きちんと考えて行動しないからよ。自分が那波ちゃんじゃないって口に出したのは良くなかったわね。はたから見たら、あなたは那波ちゃんそのものなのだから。おかしいと思われても仕方ないわよ』

「けど、やっぱり那波が母ちゃんを殺したのかな。警察が言う事がホントなら、やっぱり那波が犯人だとしか思えない」

『殺された当人に聞くのが一番なのだけれど。わたしならそれができるのに』

「那波の母ちゃんはどこへ行ったんだ？　もうどこか遠くへ離れていってしまったって事はないのか？」

『ない事もないわ。ただ、人は死んでも、事故とか自殺とか心残りがある場合、そんな簡単にこの世界から離れることはない。ましてやお母さんは殺されているのよ？　殺した人の側か、殺された場所に留まっているに決まっている』

「ていう事は？」

病室の入り口の窓に誰かが近づいてくるのが見え、メルは慌てて頭から布団をかぶった。

『お母さんを殺したのは那波ちゃんじゃないわ。那波ちゃんが犯人だったら、きっと那波ちゃん自身か、殺されたというあの部屋、どちらかにお母さんの魂が留まっていたはず。けれど、そうではなかったという事は……』

「本当の犯人に、母ちゃんが引っ付いてるって事か」

『わたしは、そう思う』

けれど、それが本当だとしても、その犯人を探すのは簡単ではなさそうだ。

警察は那波が犯人だと確信し、テレビなどの報道もそう伝え、同じ学校の同級生たちでさえ疑っていない。ましてや今、病院に隔離され身動きが取れないときている。

「これからどうしたらいい？」

メルが不安げに尋ねる。ルミエは落ち着き払った声で、こう答えた。

『まずはあなたにしてもらいたい事があるわ』


〜〜〜


長い夏休み。毎年訪れていた祖父母の家。

祖母が亡くなり海人とあの磯で出会ってからは、海人と一緒にいる時間が多くなった。海人が半ば強引に那波を、海へ山へと連れ回していたのだが。

そこは町からずっと離れた磯だったり、細い山道を登っていった先にある眺望の良い高台であったり、一人では絶対に行けないような場所も多かった。泳ぎや釣りを教えてくれたのも海人だった。磯で採れる小さな貝がとても美味しいことも、海人から教わった。

最初こそ、一人でいる方が慣れているし気楽なので迷惑に感じていたのだが、次第に那波も海人といることを楽しむようになっていた。

「オマエさ、そんなにココが好きだったら、春休みも冬休みも来ればいいのに」

「私のママ、夜働いてるんだ。午後六時からフグ屋さんのパート、そこが十時に終わった後はスナックで朝まで。そんなだから家の仕事、ご飯作ったり、掃除も洗濯も私がやってるの。でも七月と八月の二か月間は、フグ屋さんが夏季休業で時間に余裕ができるから……」

那波はだんだんと不機嫌な顔になる。

「邪魔な私を家から追い出して羽目外して遊んでいるんだよ、家に彼氏とか堂々と呼べるし！」

夏休み以外でも家に彼氏を泊める事はあったのだが、それはフグ屋もスナックも休みの水曜日だけ。自分が祖父母の家で過ごす夏休みの期間は、母親にとって自由を満喫する格好の機会なのだろう、那波はそう考えていた。

「必要な時だけ私を頼って、邪魔になれば放りっぱなし。ホントに勝手なんだよ、ウチのママ！」

「家事はオレもやらされているから同情できないけど。でも何となくオレたちって、似ているのかもしれないな」

いつ見ても古びたTシャツにジーンズ、髪は伸び放題、およそ清潔感からは程遠い海人だったが、海で泳ぐ事だけは誰にも負けないと豪語していた。その言葉に嘘はなく、海に潜りサザエやアワビなどを採ってきて二人で食べたこともある。

もっとも、それは本来ならば採捕が禁止されているものであって、後で漁師にこっぴどく怒られたという話を、海人はむしろ自慢げに話した。それに限らず海人には少々手癖の悪いところがあり、那波へのプレゼントだとくれた綺麗な筆箱が、実は万引きしたものだった事があった。それを知った那波は嬉しさなど吹き飛び、すぐに海人に突き返した。

それから数日、那波は海人とは顔を合わす事も拒み、外から大きな声で謝る海人を無視し続けた。祖父の満朗《みつお》は、そんな那波をしばらくの間そっとしておいたが、ある時に那波を座らせると、ゆっくりとこんな話をした。

「まだあいつの事を許せないでいるようだな。でも、ちょっと聞いてくれ。お前も薄々わかってはいるかと思うが、あいつの家は貧乏なんだ。父親がどうしようもない人間で仕事をしようとしない。元々は腕の良い料理人で、店を持ったまでは良かったんだが、それに失敗してからは家族には手をあげるし酔って暴れるし、せっかく仕事にありついても、すぐに投げ出してしまう。母親もそんな父親に愛想をつかし家を出ていってしまった。だから、あいつは普通の家の子供とはちょっと違う。何が悪い事か、きちんとそれを周りの大人が教えてやればよかったんだが」

「でも、泥棒はダメだよ」

「あぁ、その通りだ。でも、あれはあいつなりに、お前に喜んで欲しいと思ってやったのはわかるな？　それに、あいつも今ではお前が本当に怒っているとわかって、自分のやった事を反省しているはずだ。それでもお前が許せないと思うなら、許さなくてもいい。あいつと無理して仲良くする必要もない。けれど、理由は話してやれ。なぜ許せないかを、何がダメなのかを。何も話さずに突き放してしまうのが、あいつにとって一番辛いんだ」


それから三日後。毎日のように那波の所へ謝りに来ていた海人に、那波はきつく言った。

「私、盗んだものなんてもらったって、ちっとも嬉しくない。平気で嘘をついたり人の物を盗む人なんて大嫌い！」

「ホントにごめん。でもオマエの持ってる筆箱、ボロだったから。オレ、喜ぶかと思って……」

「喜ぶわけないよ！　何より、それを悪いと思えない人なんて絶対に許せない！」

那波の目から、涙が落ちる。怒っているのと違う。悲しくて仕方なかったのだ。

「もうあんな事はしないと約束して。でなければ、わたし、海人くんの顔なんて見たくないし、二度と口も利かない！」

「本当にゴメン。オレ、もう二度と物を盗んだりしない。嘘もつかない。だから、もう泣かないでくれ。お願いだ」

海人も泣きながら謝った。那波より頭一つ大きな体を丸め、必死に那波に謝った。

結局、那波は海人を許す事にした。

そしてそれから海人は、人の物を盗むような事はしなくなった。禁止されている事も決してしないようになった。けれど、小さな田舎町の事、手癖の悪い町の厄介者の息子というレッテルを剝《は》がすことは決して簡単ではなく、海人の変化に周りの人々が気付くのには、長い時間がかかった。

〜〜〜

精神科の病棟から出るために、ルミエがメルに命じた事は一つ。とにかく医者の言う事に従い、那波を演じる事。

そうしなければ、いつまでたってもこの鍵の掛けられた病室からは出られないだろう、ルミエの言葉に頷くしかなかった。

『様子が落ち着いて他人と話をさせても良いとお医者さんの許可が出れば、警察も詳しい話を聞きたいはず。そうすれば、那波ちゃんをよく知る誰かと面会させたいと思うかもしれない。それこそ、あの写真に写っている誰かとか。そのためにも、今のままのあなたでは駄目なの。那波ちゃんに関して私たちは何も知らな過ぎる。このままじゃ那波ちゃんは、本当にお母さんを殺した犯人になってしまうわ』

「わかった」

『本当に大丈夫？　あなた、気が短いからちょっと心配』

「ホントに悪かったよ。とにかく、すぐカッとしないようにする。余計な事も言わないように気をつけるよ」

メルはルミエの言いつけ通り、医者や看護師の言う事には素直に従い、大人しくしている事を心掛けた。そんなメルの状態に医者も安心したのか、一週間ほどすると、鍵の付いた病室から一般病棟へと部屋が変わる事になった。

もっとも、ナースステーションの隣の個室で、始終人の目が届く場所ではあったが。

それから程なく、警官が病室を訪ねてきた。

最初に尋問した警官と同じ二人、メルが顔を蹴った警官と、前回しつこく質問をしてきた戸川という婦警だ。

尋問は再び戸川が行った。戸川は過剰なくらいに優しげに話しかけた。そんな手に乗るかと、メルはむしろ体を強張《こわば》らせ戸川を睨んだ。

『そんな顔したらダメじゃない。カッとしないって言ったでしょう』

そんな様子を、手元のラジオからルミエが窘める。

「どう？　少しは落ち着いたと聞いたけど。話を聞かせてもらえるかしら？」

「はい」

「前回、あなたが興奮して全く聞けなかったから、また同じ質問になるけれど。まずはあなたの名前、聞かせてもらっていいかしら」

「沖浦那波、です」

「前回の取り調べであなたは、自分の事は何も覚えていない、自分は沖浦那波ではない、そう言い張っていたけれど？」

「自分が沖浦那波という人間だというのは、わかりました。でも、自分が沖浦那波だとは思えない、というのは本当です。それは、今でも同じです」

「それって変よね？　自分でもおかしな事を言ってるって、わかっているのかしら？」

「記憶障害かもって、お医者さんは言ってました」

「お母さんが亡くなった日に何があったのか、それもやはり覚えていないのね？」

「覚えていません。けれど、殺してなんていません」

「何も覚えていないというのに、殺していない、なぜそう言い切れるのかしら？」

「母娘なんだからケンカくらいする事はあっても、殺したりなんてしないでしょ、普通」

「お母さんの死因は包丁で胸を刺された事。包丁はお母さんの手に握られていたから、当初は自殺という事で調べていたのだけれど、不自然な点がすぐにわかって、殺されたのだと断定された。そして凶器となった包丁にはあなたの指紋があった」

「いつもワタシが料理していたんです。指紋くらい付いていても変じゃないと思います」

「けれど、あの日、団地に住む人があなたとお母さんが大声で言い争っていたのを聞いている。あなたが取り乱した様子で団地から走り去っていくのを見た人もいる。それは前にも話したわよね？　でも、その事もやはり覚えていないと言うのね？」

「覚えていません」

「血の付いたあなたのジャージの事は？　なんであなたのジャージに、お母さんの血が大量に付いていたのかしら？　しかも、それはわからないように新聞紙に包まれ、少し離れた場所にある公園のゴミ箱に捨てられていた」

「そんな事、わかりません」

「お母さんは、事件の前、あなたの事を怖いとさえ思っていたみたい。ある人に、そう相談していたのよ。あなたとお母さんの間で何があったのかしら？」

「わかりません」

「では、あなたが自殺を図ったのはなぜ？　なぜあなたは死のうとしたの？　腕を摑んで引っ張ってくれた人がいたから、跳ね飛ばされたくらいで済んだのよ。でなければ、電車にはねられてあなた死んでいたわ」

「……そんな事をした覚え、ありません」

「お母さんを手に掛けてしまった事を後悔したあなたが、自ら死を選ぼうとした。私たちはそう考えているのだけれど、それについてはどう思う？」

「わかりません。けれど後悔して自殺するくらいなら、最初から殺したりなんてしないんじゃないですか？」

「けれど、あなたはお母さんと普段から諍《いさか》いが絶えなかった。友だちや近所の人の証言もある。それに、お母さんの再婚の話には最初から反対で、その事でお母さんとずっと揉めていた。だから、何かのきっかけで喧嘩をして、はずみでお母さんを刺してしまった。最初は誤魔化すつもりだったけれど後になって後悔し、もしくはバレるのが怖くなって自ら死ぬ事を選んだ。どう？　少しもおかしなところはないわ」

「それって全部想像の話でしょう？　ワタシ、そんな事をした記憶、ホントにないんです」

「では、スマホはどこへやったの？　あなたのスマホもお母さんのスマホも、いくら探してもどこにもないのよ。それっておかしいわよね？　あなたが隠したんじゃないのかしら？　もしくは、もう何処かへ捨ててしまったとか」

「わかりません」

「覚えていない、わからない。それだけでは話にならないわね。あなたがいつまでも今の調子のままなら、今度、本格的に精神鑑定を行わないといけないけれど。いいかしら？」

「嘘なんかついてません。だから、精神鑑定でも何でもして下さい。でも、その前に誰か、ワタシを知っている人と会わせて下さい」

「それは家族か友人って事かしら？　なぜ？」

「その人と話す事で、何か思い出せるかもしれないじゃないですか？　ワタシだって思い出したいんです、自分の事を。ワタシが本当にお母さんを殺したのだとしたら、思い出さなければいけないと思うんです。だから、お願いします。会わせて下さい、ワタシの事をよく知る誰かと。ワタシの事を心配してくれている人もいますよね？」

戸川は長いため息をつくと、病室を出ていった。

「どうだ？　こんな感じでいいのか？」

『そうね、上出来じゃない。これで見つからない那波ちゃんの魂と、お母さんの魂、その行方に繋がる情報を持った誰かと話す機会が訪れるかもしれない』

二日後、ルミエの目論見《もくろみ》通り、戸川に伴われ一人の少女が那波の病室を訪ねてきた。那波の親友だという少女。ショートカットの髪型や少年のようにスレンダーな体型も那波に少し似ている。気の強さを主張する吊り上がり気味の目でメルを睨むと、不愉快そうに口をへの字に曲げ椅子に座った。

ぎこちないまま見つめ合う二人を残し、警官は病室を出た。

「落ち着いて話したいでしょう」そう言って出ていったものの、扉の側に潜んでいるのは丸わかりだった。

睨んだまま数秒の沈黙。少女のほうからは何も話す気はないようだ。メルは一つ大きく息を吐き、なぜか不機嫌そうなその少女に話しかけた。

「あのさ、この子の事、この沖浦那波って子の事を教えてくれ。警察から聞いているんだろう？　オレが自分の事、何一つ覚えていないって言っているって」

少女はキュッと眉間に皺を寄せる。

「悪いけどオレ、アンタが誰かもわからないんだ。オレ、那波とは全く別の人間でさ、気が付いた時にはこの沖浦那波っていう子になっていた。その上、自分が誰なのかわかっていうと、男だっていう事以外はそれもよくわからない。那波とは昔からの知り合いみたいだけど。しかも、警察は那波が母親を殺したって言っているし、それってオレには全く身に覚えがない事だし、マジ困っているんだ」

少女の唇が「ウソ」、言葉にならないが、そう動いた。

「信じてくれないとは思うけど。信じなくてもいいから、那波の事を教えてくれ。な、頼むよ」

「ホントに？　ホントに何も覚えてないの？　本気で自分のこと、那波じゃないって言ってるの？」

少女が顔を近づけてくる。息がかかるほどに迫る顔、メルは顔を赤らめた。

「私は那波とは小学校から今通ってる学校もずっと一緒で、自分では親友のつもりなんだけど。私の事、ホントに全然覚えてないの？　カホ、大原香帆《おおはらかほ》だよ？」

「覚えてないっていうか、知らない。言っただろ、オレは那波じゃないし、自分が誰かもわからない」

「ウソでしょ？　何なの、それ？　ありえない」

メルは警察に聞かれているのも承知で、正直に今までの全てを話した。また頭がおかしくなったと思われてもいい、この少女に真実を伝え、真実を語ってもらう事の方が大事だった。

気が付いた時には沖浦那波となっており、自分に関する記憶は失われていた事。そして出会った、魂と話ができるというラジオガール。大気に揺れる数多《あまた》の魂。実際に出会った想いを残し現世に留まる魂。その魂から伝え聞いた真実。そんな中、ようやく出会った自分を知る手がかり。記憶を呼び覚ますような写真。

しかし、自分で話していながらも胡散《うさん》臭く感じる。到底、信じてもらえる気がしない。

「頭おかしいと思うかもしれないけど、全部本当の事なんだ。その写真に写っていたヤツが、きっとオレなんだと思う」

「写真は那波の部屋で見つけたの？」

「そう。偶然駅で会った、那波の同級生だってヤツに聞いて家に行ったんだ。知っているか？　赤井美紗ってヤツだけど」

「赤井？　あぁ、赤井美紗かぁ」

「アイツ、那波の友だちだったとか言ってたけど、本当か？　心配するどころか、むしろ楽しそうに話しやがって、頭きたよ」

「友だち？　赤井がそう言ったの？　冗談でしょ？　そんなわけないじゃん！」

「やっぱな。でもアンタは本当に那波の友だちなんだろう？　だったら、やっぱりオレの話を信じて欲しい。信じて真剣に答えて欲しい。きっとそれは那波のためになる事だから」

「ふーん。正直、どこから見ても那波だから、すごい違和感があるんだけど、でもやっぱ、あなたって那波じゃないみたい。なんかバカにされている気もするけど、那波がそんなつまらない事するわけないし。わかった、信じるよ」

「ありがとう。那波の事、どんな些細な事でもいいから、知ってる事、全部教えてくれ。それと香帆、アンタは那波が母親を殺したって思っているのか？」

「思っているわけないでしょ！」

「でも、このままじゃ那波は人殺しにされちゃう。オレとルミエなら、きっと那波の母ちゃんを殺したヤツを見つけられる」

「私、那波がお母さんを殺しただなんて、絶対にないって思ってる。確かに那波はお母さんの悪口は散々言っていたけれど、心の底から嫌ってなんていなかったよ。お母さんだってテレビとかで言ってるほどヒドイ人にも思えなかったし。確かに二人はケンカばっかだったかもだけど、殺しちゃうとかありえない」

「沖浦那波って、どんな子だったんだ？」

「うーん、そうだなー。那波はね、私と那波が通ってる学校の正門の脇に立っている、樫の木みたいなヤツ」

「カシの木？　何だそれ？」

〜〜〜

初めて出会った年から四度目の夏。中学に上がって最初に迎えた夏休み。例年の通り、休みに入った翌日から祖父の家での生活が始まった。元々は母親の部屋だった四畳半の和室、それが夏の那波の城になっていた。大きな荷物を部屋に投げ込むと、那波は早足で砂浜を見下ろせる堤防へと向かった。

流石に夏休みの時期ともなると、数こそ多くはないが鄙《ひな》びたこの浜にも海水浴客は来る。けれどまだ休みが始まったばかり、しかも陽も落ちてきた事もあって、浜に人はほとんどいない。那波は堤防の縁に腰かけると、少し涼しくなった風に髪を泳がせ、ぼんやりと海を眺めた。

同級生たちとどこかへ出かける約束も、家族旅行の計画も当然ない。それはいつも通り。けれど、少しも残念だとか羨《うらや》ましいとか、思った事がない。

この小さな町、目の前に海があるここで過ごす夏休みを、那波はすっかり気に入っていたからだ。ここに来ると、学校や家で感じる違和感や閉塞感から解放される気がする。

——なんなんだろう、学校で感じる窮屈な感じ？　みんなみたいに何が流行《はや》ってるとか何がオシャレだとか、あまり興味持てないし。私って、やっぱり変なのかな。

那波は大きく息を吸い、胸いっぱいに潮の香りがする空気を取り込む。

――でも、そんな事どうでもいいや。せっかくここに戻ってきたんだし。

「よぉ、久しぶり。また今年も来たんだな。オマエもよく飽きずに来るな、こんな田舎町」

振り返ると、真っ黒な日に焼けた顔。腕も足も同じように真っ黒だ。

海人は白い八重歯を覗かせ笑っている。今は中学三年生、さらに背も伸び風貌《ふうぼう》も随《ずい》分《ぶん》と大人っぽくなっていた。けれど、幼い頃から少しも変わらない、頭を少し傾げる癖が妙に可笑《おか》しくなり、自然と笑みが零れてしまう。

「だって夏だけだし、ここに来るの。今年もよろしく、海人」

並んで腰を掛ける海人。ショートパンツからのぞく腿《もも》の筋肉に思わず目が行く。

「足、スゴイよね。アスリートみたい」

「そんなカッコいいもんじゃないよ。職業病ってヤツだな。毎日自転車で四十キロは走ってるから、イヤでも太くなっちまう」

「まだ続けているんだね、新聞配達」

「中坊に金くれるのなんて、それしかないから。自分で少しでも稼がないと、何もできやしない。親父は相変わらずだから」

太腿をパンパン叩きながら笑う。

「でもさ、オマエももう中学生だろう。何でこんなトコ来てるの？　部活やら勉強やらで忙しいだろうに。せっかくの夏休みをずっとじいさんの家でなんて、ガキみてぇだとか思うよ、普通」

「そんな事思わないよ。私、ここが好きなんだ。部活にも入ってないし、勉強なんて授業聞いていれば特別な事しなくたって問題ないし」

「オマエ、頭いいからな。受験も楽勝だったんだろ？」

「別に私立なんて行きたくなかったんだ。でもママがどうしてもって言うから受けただけ。正直、学校全然面白くないし」

「学費出してもらってるんだ、文句言うなよ」

「ママ、私が私立行くためにフグ屋さんとスナックの仕事の他に、スーパーのパートを始めたんだ。今までずっと昼は寝てるだけだったのに。でも結局、疲れた疲れたって愚痴ばっかり。前にも増して何もしないんだよ。だから公立でいいって言ったのに。ホント、意味わからない」

「母ちゃんにも何か考えがあったんだろう。ありがたく行かせてもらえよ。中高一貫の進学校なんだよな、てことは高校卒業したら、やっぱ大学行くのか？」

「行かない。だって、私、ここに来るもん。高校出たらこっちで就職する」

「ありえねー。こっちじゃロクな仕事ないぜ？　せっかくあんな頭のいい学校行ったのに、もったいない」

「関係ないよ。別に大学でしたい事もないし。何より、こっちで暮らしたいんだ。ここが好きだから。仕事なければ、じいちゃんの店を継ごうかな」

「自転車屋を？　オマエ、修理とかできるのか？　バイクだって直せなきゃいけないんだぜ？　油にまみれて」

「今はできないけど、できるようになればいいじゃない。それに私、香水とか化粧品の匂いなんかより、じいちゃんの店の油の匂いのほうが、全然好き。何より、この町の潮臭さが大好き」

「オマエってホント変わってるよな。こんな何もないトコが好きだなんて。あるのは海だけの、こんな町」

「何もなくないよ。私に欲しいものは何でもある」

「オレはいい加減、ウンザリしているんだけど」

「じゃあ海人はこの町から出ていきたいって思っているの？」

「そりゃそうさ。でも、まだオレもガキだから、どこにも行けねぇけど。それにさ」

那波には、それ以上聞かなくても海人の言おうとしている事はよくわかった。

二人は小さく息を吐くと、海を見つめた。

「でも、オマエの母ちゃん、パート始めたなら、少しは変わったんじゃね？　その、例の……」

「ううん。そっちは相変わらず。この前別れたばかりなのに、最近、また新しい彼氏、見つけたんだよ。忙しい、疲れたって文句言って何もしないくせに、そういうトコだけはマメなんだから。ホント、信じられない」

「じゃあ、今年も体《てい》よく追い出されたって事か」

「うん。今頃口うるさい私がいなくなったから、彼氏と二人っきりでせいせいしてるんじゃない。それに私もあんな所いたくないし」

「学校面白くないって言ってたろう？　新しい友だちできなかったのか？」

「全然。香帆くらいかな、友だちって言えるのは。香帆はまぁ、小学校からのクサレ縁だから」

　なぜ母親はその私立学校に自分を行かせたかったのか。自分が行きたい学校だったから、そう説明していたが、らしくない、と感じていた。けれど合格を本当に喜んでいた母親を見て、行きたくない、とは言えなかった。

　学校の居心地は決して良いものではない。私立という事もあってキチンとした家庭の子ばかり、自分とは環境が大きく違う。その上、周りの女の子たちの多くが、ファッションやメイクへと関心を寄せていく。キレイになっておしゃれして男の子にモテたい。それにも那波は馴染めずにいた。

わからないわけではない。けれど、そういう事でヒエラルキーの位置づけをされるような女の子の付き合いが、本当に嫌いだった。

可愛い服を着ていない事がなぜいけないのか。何で似たような雰囲気の子とばかり仲良くしたがるのか。誰が誰を好きだとか、なぜそんな話に夢中になれるのか。好き、嫌いに一喜一憂したくない。

——本当にバカバカしい。いつもベタベタしなきゃいけないなら、友だちなんていらない。

人付き合いにおけるそうした冷めた感覚は、母親の影響が大きいと自分でもわかっていた。安易に縮める事ができない、他人との距離感。

母親がいったい何人の男と付き合ったのか、もう今では数えていない。自分の知らない所で何をしようが構わない。けれど耐えがたかったのは、夜中に男を部屋に連れ込む事だった。新しい男との付き合いが始まるたび、知らない男に朝、「お邪魔してます」と挨拶をされる。バツが悪い事この上ない。

それに、隣に那波が寝ているのがわかっていながら、なに憚《はばか》る事なく嬌声《きょうせい》を上げる母親を、那波は心の底から軽蔑していた。けれど、いくら嫌おうとしても突き放す事ができない。

「だってさ、言った覚えがないのに私が欲しかったものを突然買ってきてくれたり、思い出したように作る料理がスゴク美味しかったり。そんな事がたまにあるだけで、何となくママの事、許しちゃう。普段、いやらしいって、大嫌いって思ってるのに」

「わからないでもないかな。ウチの親父は気に入らないとすぐに仕事辞めちゃうし、家を出ていった母ちゃんやオレにも手をあげる、ホント最低の人間なんだけどさ。でも、昔はよくオレをバイクのケツに乗せて、あっちこっち連れ回してくれたんだ。その時の楽しかった気持ちをどうしても忘れる事ができないんだ」

「私もじいちゃんのバイクに乗せてもらうの、大好きだよ」

「この前親父、酔って倒れて怪我して警察から電話があったんだ。病院に行って大した怪我じゃないってわかった時、不思議だけどホッとしちまったんだよ。今まで散々迷惑かけられて、死んでしまえばいいって思ってるはずなのに。ホント、なんでなんだろう？　自分のことなのに、全然わからない」

「うん。ホント、親って厄介だよね」

「オレ、絶対に親なんかに、なりたくねぇ」

二人は防波堤で笑い合った。

久しぶりに心の底から笑って、那波は体が軽くなるのを感じた。海から吹く風に飛ばされてしまいそうなくらいに。

——明日は泳ごう。海人と飽きるまで海で泳ごう。そうすればきっと、悩みとか嫌な事とか、そんなもの全部、海に流れちゃうはず。だから好きなんだ。

ここも、海人も。

〜〜〜

沖浦那波とはどんな子か。メルの問いに香帆が答えたのは。

クソ真面目でクール。女の子らしくない。人と群れない。頑固で自分の考えを曲げない。正直でズルをしない。間違っていると思った事に黙っていられない。それに納得できない事は納得できるまでやり通す、しつこいくらいに。

「それがなんで樫の木？」

「枝も幹も硬くて、雨が降ろうが雪が降ろうが、夏でも冬でも葉を茂らせ変わらずに立っている。毎年忘れず、夏前には花を咲かせ、秋に実を落とす」

「なんだ、それ？」

「わからないでもないんだ。那波のお母さんって、色々と問題ある人だったから。反面教師って言うんだっけ？　那波があんなにクソ真面目になったのは、それが一番の理由だと思う。生まれつきってのもあるだろうけど。それに」

「それに？」

「たぶん那波って、自分ってものが出来上がっちゃっているんだと思う。小さい頃から家の事、掃除とか料理とか全部那波がやってたから、そのせいなのかもしれない。何かが違うんだ、何でも親任せの私たちとは。だから今の学校に進学して、余計に浮いちゃった感じ。周りはフワフワした子ばっかだから。那波は私立の学校に行くの、ホントに嫌がってたんだよね。私はまた同じ学校になれて嬉しかったけど」

「そんなんじゃ、学校でイジメられていたんじゃねぇの？」

「そういう事もあったよ。でも、那波は何をされても黙ったきり表情一つ変えないんだ。ただ、今思うと、そうやってガマンしてたんだと思う。へっちゃらそうに見えてたけど、やっぱツラかったのかもしれない。口にしないだけで。今ではそういうのはなくなったけど、煙たがられているっていうか、変人扱いかな。つまらない奴って陰口言うヤツも結構いる」

「香帆はなんで那波と付き合ってるんだ？　なんか聞いてると、一緒にいたって全然楽しくなさそうじゃん。さっき親友だって言ってたけど、それって本当の事？」

香帆は視線を落とし、ちょっと困ったような顔をした。表情も少し曇る。

「少なくとも、私は親友だって思ってたよ。私も気の強いほうだから、言いたい事言っちゃって、仲良くしていたグループからハブられたりした事もあったりして。でもそんな時でも、那波だけは何も変わらず私と接してくれた。あの子にとっちゃ、私が誰とつるもうが切れようが関係ないんだろうけど。でもそれって、すごく嬉しかったんだ。ベタベタするわけじゃなく、かといって冷たいわけでもない。だからあいつは樫の木なんだ。いつだって、何があっても変わらない硬くてデカい木。体はちっちゃいけど」

「しつこいって言ってたのは？」

「あぁ、うん。私が中二の時に好きになった男子がいたんだけど、那波、そいつとは付き合っちゃダメだって言うんだ。で、言うこと聞かない私を諦めさせようと、そいつの行動を調べて、ついに下級生をカツアゲしてた事とか、前付き合ってた女子にしたヒドイ事とか、証拠見つけたんだよね。信じられないしつこさで。そんな事したって那波に何の得もないのにだよ？　要はそれって全部私のため。普段あんなにクールなくせに、そんな熱いトコもあるんだ、那波って。時折見せる笑顔はめちゃカワイイし。だから那波は大事な親友。でも、那波にとって私は、ただ長く一緒にいるだけのモブだったのかもしれない」

　香帆の目尻に光るものが見えて、メルは視線を逸らす。

「那波が悩んでいたのはわかってたんだ。やけに辛そうな顔してる時があったり、今までにまして無口だったし。でも、理由を聞いても何も言わなかった。自分の事、人には絶対に言わない子だから。人の話は黙って何でも聞いてくれるくせに、自分の事は話そうとはしない。わかった風な事を言っておいて、私、実は那波の事なんて、何一つ知らないのかもしれない」

香帆はポロポロと涙を流し出す。

「でも、これだけはわかる。那波がお母さんを殺したなんて絶対に有り得ない。なんで那波が文句も言わず家の事全部やっていたかって、お母さんのため、お母さんが大事だったからでしょう？　そうでなきゃ、あんな小さい時から家事なんて、フツーしないよ。そんな那波がお母さんを殺すわけない。でも、あいつ、電車に飛び込んだんだ。飛び込むような何かがあったんだ。なのに私、何も知らなかった。何もしてやれなかった。少しでも辛いんだって言ってくれれば、私にだって何か少しくらい役に立てる事があったかもしれないのに。那波のバカ、ほんとひどいよ、ひどいヤツだよ……」

香帆は大きな声で泣き出した。その細い肩は小刻みに揺れ、その度メルの心も揺れた。

ひと泣きして少し気持ちが落ち着いたのか、香帆は色々な事を話してくれた。

残念ながら、例の写真は見た事がないらしく、そこに写っている少年についても、那波からは聞いた事がなかったらしい。

「那波が男子と付き合うとかって、想像つかないな。学校でもそんな話ないし。あいつ、カワイイ顔してるくせに全く愛想ないから、全然モテないんだ。ま、そんな気もなかったみたいだけど。あのお母さんの事とかもあるしね」

海については、母親の実家であり、那波は幼い頃から毎年夏休みの間はそこへ行っていた事もあって、香帆も多少は耳にしていた。

「那波、毎年夏休み明けは水泳部みたいに真っ黒だったし、頬っぺたもふっくらしてたっけ。普段はガリで食が細いくせに、あっちに行くとバカみたいに食べるって言ってた。海で泳いだり釣りしたり遊び回ってお腹が空くみたい。ガキかっていうの。でもそんな話をする時だけは、別人みたいにテンション上がって、目、キラキラさせてたよ。海以外は何もない所だって言っていたけれど、ホント、そこが好きなんだなって思った」

「その町の名前は？　どこにあるんだ？」

「あ、えーと、よくわからない。聞いた事、あったかな？　でも那波の家から電車で二時間くらいって言ってたから、そんな遠くじゃないと思うけど」

「そうか、知らないのか……」

『町の名前なら、あの婦警さんに聞いてみればわかると思うわよ。それに、もしそこへ行かせてもらえるなら、あなたが住んでいた町だもの、全て思い出せるかもしれない。体調を崩し入院しているという、那波ちゃんのおじいさんにも会えるかもしれないし』

「いや、もうオレが誰かわかればいい、そんな話じゃない。誰もが那波を犯人だと信じて疑わないいんだ。本当の犯人を見つけられるのは、オレたちしかいない」

その時、香帆がパッと顔を輝かせた。

「そうだ！　私、那波のお母さんの働いていた店ならわかるよ！」

その店は家から電車で数駅離れた町のスナックらしい。

「名前と同じ店名だからそこで働く事にしたんだって。那波のお母さん、そう言ってたらしい。フザケてるって那波が怒ってたから、覚えていたんだ」

『その店に行ければ、お母さんの事で何かわかるかもしれない』

「でも、ここにいたんじゃ、どこへも行けやしない」

『なんとかして出られるといいんだけれど』

「でも、監視の目、厳しいしな」

ラジオに向かって話しかけるメルの様子に、香帆は目を丸くして尋ねた。

「ねぇ、さっきから誰と喋ってるの？　そのルミエっていう、ラジオガール？」

「そう。香帆には聞こえないだろうけど、オレにははっきりと聞こえるんだ、ルミエの声が」

「ルミエはなんて言っているの？」

「ここから出て、母ちゃんの店に行ってみたいって。ルミエには魂が見えるし話だって聞ける。だから那波の母ちゃんの魂を見つければ、直接聞けるんだ、何があったのかを。働いていた場所なら、母ちゃんの魂がどこへ行ったのか、手掛かりが見つかるかもしれない」

香帆は目を丸くしたまま、それでも真剣なまなざしでメルを見つめながら言った。メルの耳に口を近づけ、誰にも聞かれないように小声で。

「だったら私がここから出してあげる。その代わり、絶対に那波を助けてあげて」

混んでいる駅構内。人混みを縫い改札を抜ける。

行き先は帰宅する乗客で混み合う方向とは逆、空いた電車に乗り込みシートに身を委ねると、ようやくホッとできた。冷房の効いた車内で、病院に残してきた香帆に感謝する。

香帆は一度病院を出てから、警察が帰ったのを確認すると病院に戻り、看護師の目を盗みトイレに駆け込んだ。そこにはメルが待っていた。

そして、素早く服を着替えメルと入れ替わったのだ。

香帆のほうが背は高いものの体型が割と似た二人だからできた事だが、バレやしないかとヒヤヒヤしながらの思い切った作戦だ。トイレの小さな個室の中で香帆と下着姿になる事に、メルはすぐにはウンと言えなかったが。

財布も荷物も病院が預かったまま。お金だけはないわけにもいかず、香帆に借りてきた。

履き替えた香帆のミニスカートにはさすがにメルも狼狽し、走って駅を目指したのは、急いでというより恥ずかしさからだった。スカートから覗く両足の痣と傷。それを見る不躾な目も気になる。

けれど躊躇している時間はなかった。

「香帆のヤツ、大丈夫かな。バレたらすぐに警察が来ちゃうぜ？」

『急いでお店の人に聞かないとね』

店の名前はウェーブ。母親の名前は江波《えなみ》。那波と江波、母娘二人共、名前に波を持っている。それと同じ店名のスナック。

住所も電話番号も、香帆がスマホで調べてくれたので、すぐにわかった。まだ開店には早いせいか、お店の看板は暗いまま、扉には鍵が掛かっていた。

周りに注意しながら人が来るのを待っていると、ようやく小一時間ほどして、小太りの中年女性がその店へと入っていった。

「すいません」

メルが声を掛け中へ入っていくと、その女性は店のママだったのだろう、カウンターに入り、一服しようとしているところだった。

「何か、用？」

「あの、ワタシ、大原香帆っていいます。沖浦那波さんの友だちで。那波さんのお母さん、沖浦江波さんの事で聞きたい事があるんですけど」

那波を名乗るのはマズイだろうとついた嘘だったが、那波の顔を知っていたら元も子もない。

けれどママは幸いな事に那波の顔を知らないようで、タバコに火を付けながら、少し忌々《いまいま》し気に答えた。

「オキウラエナミ？　あぁ、ナミちゃん？　じゃあ、あんた、ナミちゃんの娘の友だち？　あの……」

親殺し、流石に言い淀んではいたが、そう囁いたのがメルにはわかった。

「何の用？　もうすぐ店、開けるんだけど？」

「ちょっとだけ聞きたい事があって。あの、江波さんて、どんな人だったんですか？」

「なんであんたがそんな事を聞くのよ？」

「ワタシ、那波があんな事するわけないって思っているんです。だから、お母さんの事をもっとよく知れば、何かわかるかなって」

「ナミちゃん目当てのお客も結構いたんだけど、逆に今は散々よ。警察は来るし、なにより実の娘に殺されたなんて、気持ちのいい話じゃないから。ホント、いい迷惑。死んだヒトに文句言いたくはないけどさ」

「江波さんって、モテていたんですか？」

「そうね、まぁ、割と美人だし、子持ちとはいえ一応独り身だったから。お客は下心あったんでしょ」

「誰かと付き合っていたとか、ないですか？　そんな話、聞いてませんか？」

ママはメルを睨み、フゥーとタバコの煙を吹きかける。

「ホントに何なの、あんた？　いい加減にしてよ、警察じゃあるまいし！」

「でも、那波の他に犯人がいるんじゃないかって」

「警察がやったって言っているんでしょ？　それでいいじゃない。まぁ、ナミちゃんはモテていたけれど、特定の誰かってのはいなかったと思うわよ」

「そうなんですか」

「特定の男とはね。あの子、誰とでも簡単に寝るから」

ママは意地悪そうに笑った。

「あんたみたいなガキにはわからないかもしれないけど、いるのよ、平気で誰とでも寝る女って。だから客もよくわかっていたんでしょ。そういう事が目当てって事。体を売るってのも武器なのかもしれないけど、ウチはそういう店じゃないのよ。お陰で客層が荒れちゃって、本当、いい迷惑ったらないわ」

「それって、警察にも言ったんですか？」

「悪い？　聞かれれば答えるしかないでしょ」

「その、江波さん目当ての客の名前とかは？　知っていれば、教えてほしいんですけど」

「名前？　知っている客もいれば、知らない客もいるわよ。でも何であんたに教えなきゃいけないのよ」

「だからワタシ、那波の疑いを晴らしたくて」

「冗談じゃないわよ！　これ以上、商売の邪魔されたらたまらない、さぁもう帰って！」

ママは乱暴にタバコの火を揉み消すと、扉を指さした。

その時、手の中のラジオからルミエが、メルにある事をするようにと声を上げた。

その内容に少し躊躇したが、メルは仕方なく従う事にした。

「商売の邪魔？　アンタ、江波さんにはずいぶんと稼いでもらったんだろ？　だったらもう少しくらい悲しいとか可哀相だとか、そういう気持ちになってもいいんじゃねぇの？」

「な、なんなの、あんた？」

ママは顔を真っ赤にして立ち上がった。

「テメエの都合ばっか考えてるから、アンタには客が付かないんだよ。ま、顔見りゃ、客が逃げちまうのもわかるけど」

ママがメルに灰皿を投げつけた。ガチャンと何かが割れた大きな音がした。

「このガキッ！　言わせておけば！　出ていきな！　あんたみたいなガキが店出入りしていたら、また何言われるかわかったもんじゃない！」

ちょっと言い過ぎたかな。メルはママのあまりの剣幕に笑いを押し殺しつつ、慌てて店から飛び出した。

もちろん、どさくさに紛れて手に入れた戦利品は、しっかりとポケットに忍ばせて。


〜〜〜


テトラポットで砕け散る波音と、たまに国道を走る車が行き過ぎる音。海。曇り空は星を隠し、沖に出ている船もない、静かで暗い夜。対岸で光る常夜灯の明かりがなければ、数メートル先の人の顔すら見えない。堤防からブラブラと投げ出した二人の足を、砕けた波の飛沫《しぶき》が濡らしている。

よく見かける夜釣りをする者も今晩は一人もいない。暗がりに二人きり。こんな静かな夜は、こうして黙ったきりの沈黙も悪くはない。

しばらくそうしていたが、海人が大きな欠伸《あくび》をしたのを機に、那波が呟いた。

「あのさ、ちょっと前の事、なんだけど……」

「ん？」

「ママがテーブルに肩ひじついて、雑誌読んでいたんだ。その時、きっと無意識なんだろうけど左手で髪の毛いじってて。それ見て、ギョッとしたんだ。それって本読んでいる時とか、私もついついしちゃう癖で、本当にソックリだった。そしたら急に怖くなっちゃった」

「怖いって、何が？」

「やっぱり母娘だと、嫌でも似ちゃうんだなぁって」

「そりゃ、似たトコもあるだろうけど、オマエはオマエだろ。母ちゃんとは違う」

「ママってさ、今までたくさんの男の人と付き合ってるけど、結局その誰とも長く続かないんだ、いつもそう。どんな人とも長続きしないのは、すぐに飽きちゃって、その人の欠点ばかり目についてしまうから。すぐに人を好きになって、でもちょっとでも面白くなくなると、すぐに放り出しちゃう。男の人だけじゃない、他の事だってそうなんだ。もっと年を取ったら私もママみたいになっちゃうかも……」

「そんなの、オマエの考え過ぎだって」

「私もママの全部が嫌いなわけじゃない。でも、そんなママは大嫌い。何で一度大好きになった人とずっと一緒にいられないの？　ただ楽しければそれでいいの？　私はそうはなりたくない。結局嫌いになるくらいなら、最初から好きにならなくていい。好きにならないほうがいい」

「オマエってさ、なんだかんだ言って頑張ってるよな、家事も勉強も。でもそれってスゲエ無理してるんだよ。人と付き合うのに距離置いちゃうのも、そうだ。自分の気持ちにウソついてまで、そんな無理しないほうがいい」

「無理してなんていない！」

「やりたくないなら、全部放り出しちゃえよ。好きになったら好きって言えばいいんだよ。人一倍寂しがり屋のくせしていつも一人でいるのは、意地張ってるだけだ。母ちゃんの事をそんな風に言うのも、自分が母ちゃんに甘えられないからなんだよ。大好きな母ちゃんに」

「違う、違うよ！」

ハイビームにした車のヘッドライトの光が、二人の背を一瞬だけ照らす。白く眩しい光は那波の小柄で痩せた体をくっきりと闇に浮かび上がらせた。まだ少年のように、薄く硬い体。

光に照らされて、頬を伝う涙が光ったのが見えた。

那波を支える心の強さも、この華奢《きゃしゃ》な体の中に詰まっている。硬い殻の奥のその心が、うんと柔らかくて脆《もろ》い事を知っている海人は、無性に不安になってしまう。

「ばあちゃんのお葬式の夜は満月で、私、ここでずっと月を見ていたんだ。月明かりが照らした海に、月まで届きそうな道ができてた。ムーンロードっていうんだってね」

「ここから見る月は、夏が一番キレイなんだ。夏は月が低いからな」

「その道は、ばあちゃんが天国へ歩いていく道で、私も一緒に連れて行って欲しいって思いながら見ていた」

「……今でも、そう思う時があるのか？」

「今はないよ。でも、ここで見る月はこの海と同じように、私にとって大切なものなの。普段はあまり空を見上げる事もないけれど、ここに来た時は必ずここに座って月を見る。毎年同じ場所に同じ顔を見せてくれる月、月と息を合わせ満ち引きを繰り返す海、どちらもいつも変わらず、私を温かく包んでくれるから。でも人の心は違う。来年の私は今の私じゃなくなっちゃうかもしれない。大好きで大切なものが、どうでもいいものになっちゃうかもしれない。それが嫌なの、それが怖いの」

「でも、物は壊れるし、人は死ぬものだ。どんなに大切にしようと、必ず終わりがある。なのに、終わる事を気にして何も始められないなんておかしいだろう？　何かを好きになったら、好きだって伝えたいなら、伝えればいいんだ。それをしないって事は、自分にウソをついているって事なんじゃないのか？　ウソをつくって、オマエが一番嫌いな事じゃないのかよ？」

「結果的にその人を裏切る事になっても？　その人を傷つけちゃう事になっても？

それでも海人は好きだって言うの？」

「あぁ、言うよ。オレはいつだって自分の気持ちに素直でいたい。だってオレはオマエと約束しちゃったからな、ウソをつかないって。オマエがこんな退屈な場所を好きなのは、ここでならオマエが素直になれるからだ。素直に人に甘えられて心が楽になるからだ。だってオレはここにいる那波しか知らないけど、その那波はよく泣いてよく笑う、素直でスゲー可愛いヤツだよ」

遠くの車のクラクションに誘われ、グスンと鼻が鳴る。少しもロマンティックじゃないな、でも私たちらしい。そう思うと、自然と笑みが漏れてしまう。那波は海人の顔を見つめて打ち明けた。

「私、海人が好き」

「知ってるよ。でも、オレは会った時からずっとオマエが好きだ」

「なんかズルくない？　私に先に言わせるなんて」

「いや、オレから言うつもりだったんだよ。ほんとに！」

ずっとつかえていたものが取れたように、胸の隙間にスゥーと涼しい空気が入る。

なのに、なぜか涙が溢れてくる。

「でも私って、可愛くないよ？　空気読めないし、人に合わせるのも苦手。自分のやりたいようにしかできないし、自分が間違っているってわかっても素直に謝れない。みんな、つまらないヤツだって言うし、私も自分がつまらないヤツだって思う」

「まぁ確かにオマエって、そんなトコあるよな。でも違う事がある。オマエはつまらないヤツなんかじゃないし、誰より可愛い」

「それに私、あのママの子だよ？　いやらしくて身勝手で、サイテーな女になっちゃうかもしれない」

「そうしたら、オレがサイコーの男になってやるよ。サイコーの男と付き合っている女なら、誰もサイテーだなんて言わねぇさ」

「うん」

涙でグショグショの顔を見られたくなくて、海人の胸におでこをゴツンとぶつけた。海人の胸は硬くて、海の匂いがする、そう思った。

――そうだ。海人は、私にとって海なんだ。

嵐になれば荒れ、晴れて穏やかな日には凪《な》ぎ、その姿を変えはするものの、海は必ずそこにある。大きな波、小さな波を揺らし続けている。そして波は全ての澱《おり》を洗い流してくれる。

後から後から涙が溢れ、声にならない。

「たいして勉強が好きでもないのにオレが高校に入ったのって、定時制だったらなんとか働きながらでも通えるし、オマエに恥ずかしい思いをさせたくなかったから。人を幸せにできる武器が何でもいいから欲しかったし」

「……うん」

「でも今一番の目標は、金貯めてバイク買う事なんだ。実はもう免許は取っちゃったし、オマエのじいちゃん、満朗さんにはオレでも買えそうなの探してもらっているんだ」

「えっ、そうなの！　知らなかった」

「驚かせるつもりで黙ってた。ゴメン。でさ、バイク買ったら二人で色々な所へ行こう。北でも南でも、海でも山でも都会でも、どんな遠くだって行ける。オレたちって親に旅行なんて連れていってもらった事ないじゃん？　楽しいって思える事がもう少しくらいあったって、バチなんて当たりやしないさ」

「うん。楽しみにしてる」

いつの間にか雲間から顔を出した十三夜の大きく明るい月は低く、一つに重なった影を防波堤の上に長く伸ばした。

〜〜〜

四章　ネガウコト

小さなガラス瓶に入っていたのは、バラバラになったネックレス。それが、スナック「ウェーブ」からの戦利品。光を受け銀色に光る大きな粒のペンダントトップ。本当のダイヤモンドなら、かなり高価なものに違いない。

棚に無造作に置かれたそれを盗んできた時、例の咎《とが》める声は聞こえなかった。けれどルミエに言われて仕方なくした事だとはいえ、胸につかえる後ろめたさは拭えない。

『ごめんなさい、こんな事をさせて。でも、そもそもこれって江波さんのもので、盗んだというよりは返してもらったと言ったほうが正しいから』

「自分のものなら、なんであんな所に置いておいたんだ？　それにこんなもの、どうするつもりなんだよ？」

『このネックレスから、何か思いを感じるの。それも江波さんだけではない、誰かの思いも。とても暗くて重いものだわ。これがどういうものなのか、わかると良いのだけど』

ルミエとメルは思案して、ウェーブの様子をもう少し見守ってみる事にした。

もうママからは目ぼしい情報は得られないだろうが、働いている他の従業員の中には、もう少し江波と仲の良かった者がいてもおかしくない。

メルはワザと目につくように、スナックの扉の側に立ってみる事にした。誰か一人でも那波を知っている者がいたなら、何かしら反応があるはず。警察が来たなら、その時はその時と腹を括《くく》った。

店の看板に明かりが灯ったのは、午後八時になる少し前。

その頃になると、一人二人と、店の扉を開け中に入っていく女性が現れた。みんな、場違いなメルに一瞥《いちべつ》をくれながらも、特に言い咎めるでもなく店へと入っていく。

やはりダメかと思った矢先、驚いたようにメルを見つめる女性がいた。サーモンピンクのワンピースに軽くカーディガンを羽織ったその若い女性は、口に手をやりながら、メルに声を掛けてきた。

「も、もしかして、娘さん？　ナミさんの？」

「あ、はい。そうです。ワタシ、沖浦那波といいます」

「やっぱり！　でも、あなたって……」

「えーと、数日前に警察から解放されたんです。犯人は別にいたらしくて」

「え、そうなの！　それは知らなかったな。でも、良かった。いえ、良いコトはないけど、那波ちゃんが犯人じゃないなら、ホントに良かったぁー！」

「あの、母が仲良くしてもらっていたみたいで……」

「違うわ。あたしが仲良くしてもらってたのよ。それよか、店に入って。みんなに紹介しないと。犯人が別にいたのも大ニュースだし」

「ごめんなさい！　ダメなんです、お店に入るのは。ワタシ、さっきママさんと喧嘩しちゃって。そのー、母の事、悪く言われて」

「あぁ、そうか、そうかもね」

「あの、ワタシの事は内緒にしてもらえませんか？　犯人は別にいるって事も。それって警察もまだ秘密で捜査しているみたいで。ワタシも口止めされているんです」

　その女性はカナエといい、店では江波と一番仲が良かったらしい。

　カナエは店に遅れると連絡を入れると、メルを連れて近くの喫茶店で話をしてくれた。

「ナミさんて、あんまし自分のコトは話さなかったし、馴れ合いとかもキライなヒトだったから、正直、誰とも仲良しって感じじゃなかったかも。なんでもズケズケと物言うし。でも、そんな風だから誤解されるけど、あたしにはスゴク優しかったし、見た目よりもずっと純粋なヒトだったな」

「でもママさんは、誰とでも寝る女、身体を売る事を武器にしていたって言っていました」

「ヒッドーイ！　娘さんにそんなコト言うなんて、ママってホント最低！　でもね、違うのよ、那波ちゃん。ナミさんは誰とでも寝るなんてコトしてない。確かに惚れっぽいトコあったし、一人じゃ生きていけないってタイプだったけど、誰とでもなんかじゃない、真剣になんなきゃHはしないって言ってた」

「そうなんですね」

「でも、一度真剣になっちゃうと、もうそれしか見えなくなっちゃうらしくて。那波ちゃんの前でも平気でラブラブなトコ見せちゃって、すっごく怒られるって苦笑いしてたっけ」

「笑い事じゃないですよ」

「そうだよねぇ。それはちょっとねぇ」

「母はワタシの事なんて、どうでも良かったんじゃないかな」

「それは違うよ。だってナミさん、那波ちゃんの写真、いっぱいスマホのフォルダに入れてたし。きっと見せてもらったコトあるのはあたしだけだけど。やっぱ気がかりだったんじゃないかな、那波ちゃんのコト。あたしと仲良くしてくれたのも、あたしが一番若かったからだと思う。よく聞いてきたんだよ、最近の若い子の好みってどんなのって」

　メルは嬉しかった。正直、色々と問題の多い母親の事など、どうでもいいと思ってはいたが、死んでからもあそこまで酷評されると、なぜか腹がたってくる。

　カナエが語ってくれた江波の一面は、きっと那波も嬉しいはず。

「それで、これ、見てもらえます？　母のものだと思うんですけど、何だかわかりますか？」

　ガラス瓶に入ったネックレス。カナエは瓶から取り出し手に取ると、すぐに思い出したようだった。

「これって店に置いてあったヤツでしょう？　多分、土居《どい》さんに貰ったヤツだと思う。チェーンが千切れてバラバラになったのを、ナミさんが空いた香水の瓶に入れて店に置いていたんだよ。でも、これがどうしたの？」

「それをくれた人を探しているんです。伝えたい事があって」

「そうなんだ？　その土居さんってナミさんにイレあげてた人で、一度常連さんに店に連れてこられてから、もうナミさんに夢中になっちゃって」

「母はその人と付き合っていたんですか？」

「どうだろうなー？　でもナミさん、基本、お店のお客さんとは付き合ったりしなかったよ。あたしの知っている限り、そういうコトは一度もなかった。お客さんと付き合っちゃうと他のお客さん逃がしちゃうからって、ナミさん、むしろ気を付けていたんだよ」

「でも、ママさんは……」

「ママとナミさん、うまくいってなかったから。ナミさん、いつか自分の店を出したいって言ってて、ママはそれが気に入らなくて、そんな悪口言ったんだよ」

「その土居さんって人の事、母は何て言っていました？」

「すごく優しい人だって。それと那波ちゃんのお父さんに少し似ているんだって言っていたかな。その時のナミさん、土居さんのコト、ちょっと気になっているのかなって感じはしたかな」

「その人、今でも店に来るんですか？」

「ううん、最近はぜんぜん。最初のうちは毎日のように来てたけど」

「何をしていた人だか知っています？　どこに勤めていたとか。あと、苗字だけじゃなくてフルネームは？」

「うーん、わかんないや。あ、でも、こんな話は聞いたコトあったっけ。土居さんって公務員なんだって。那波ちゃんのお父さんもそうだったんでしょう？　そこも同じだって言っていたから」

「公務員？　どこだろう？　市役所とか？」

「ゴメン、そこまではわかんない」

　メルは少しガッカリして呟いた。

「どうしよう。公務員だってだけじゃ、探しようもないな」

『そうね。せめてどこの町の公務員かくらいはわからないと。警官も先生も公務員だし、土居なんて名前、ざらにあるしね』

　カナエはメルの様子に同情したのか、何か思い出せる事はないかと、口をギュッと結び必死に考えた。

「そうだ！」

　突然大きな声を出すと、痛いくらいに強くメルの肩を摑んだ。

「思い出した！　あそこだ！　あのね、あたし、一回だけ外で会ったコトあるんだ、土居さんに。場所はR駅のすぐ側のビアバー。私は友だちと三人で行ったんだけど、あそこってそんなに人に知られている所じゃないから、もしかして土居さん、そこの常連さんかもよ。一人で来てたし。そう言えば土居さんって、お店でもビールばっかり飲んでたな」

「ありがとうございます」

「あのね、那波ちゃん。聞いているかもだけど、ナミさんがお店のお客さんと付き合わないのって、お酒飲む人が嫌いだからってのもあるんだよ。自分は飲むくせに。

知ってた？」

「いえ、知りませんでした」

「わたし、一度聞いた事があるんだ。なんで酒飲みがイヤなのって。そうしたら、珍しくその時は色々と話してくれて。那波ちゃんのお父さん、お酒飲めなかったんだってね。クソがつくくらい真面目で融通《ゆうずう》が利かない人で、那波ちゃんにソックリって笑ってたよ。でも本当に好きだったから、今でも付き合う人に那波ちゃんのお父さんの姿を求めちゃうのかもって言ってた」

「父親のこと、そんな風に思ってたんですね。初めて聞きました」

「そういえば、那波ちゃん、今の学校嫌いだったりする？　ナミさん、スゴク気にしてたよ。あんまし楽しそうじゃないって。自分が無理やり行かせちゃったからって。でもね、無理してまで行かせたかったのは、那波ちゃんの学校、死んだ那波ちゃんのお父さんの母校だかららしいよ。お父さん、子供が生まれたら同じ学校に行かせたいって言ってたらしくて。知らなかったでしょ？」

「え、あぁ、はい」

「何で言わなかったかって言うと、那波ちゃんが学校が辛くなった時、そのせいで我慢しちゃうから、辞められなくなっちゃうからって。あの子、そういう子だからって言ってた」

「母って、もっと自分勝手な人だと思ってました」

「そんなコト、ないって。ま、自己チューなトコもあるにはあったけど、ナミさん、那波ちゃんのコトだけは結構マジメに考えていたって思うな」

カナエは目に涙を浮かべて、メルを抱きしめた。

「那波ちゃんはさぁ、お母さんとお父さんが愛しあって生まれてきたんだよ。ナミさんは那波ちゃんをホントに愛してたよ。だから、良かった。ホント良かったぁー！ナミさんが那波ちゃんに殺されたなんて、絶対にいやだったんだ、あたし」

カナエから香る、甘い香水の匂い。メルはその匂いに包まれ、突然涙が零れ落ちてきた。それは、江波の部屋に入った時にした匂いと同じだった。

なぜだろう？　自分でも抑えきれないまま後から後から涙は零れ、カナエにギュッと抱きしめられたまま、お客のまばらな喫茶店でメルはしばらく涙を流し続けた。


〜〜〜


那波の家の近くの古い桜の並木道。那波の住む団地は、その並木道を通り抜けた先にあり、そこを通らないと駅にも学校にも行けない。

片側には家が建っているが反対側は開けた緑地になっていて、夜になると思いの外暗い。花が終わり緑の葉が生い茂り、街灯の明かりを隠す春以降は尚更だ。

那波はこの桜の木が嫌いだった。花は咲いてもすぐに散ってしまうし、葉が落ちた姿は、まるで枯れ木のように寒々しい。ましてや、ここの年老いた桜の木は幹ばかり太く樹皮は黒々と裂け、まるで朽ちているようにさえ見える。

──なんで桜なんて植えたんだろう。綺麗なのは一時だけなのに。

ここを通るたび、那波はいつも足元ばかり見て、行き過ぎる事にしていた。

特に今日は母親の休みの日。いつもなら学校が終わってすぐに家へ帰り、母親の夜の仕事に間に合うように夕飯の支度を急ぐのだが、今夜はお店もパートも休みで母親は家にいる。だから、今日はできるだけ遅くまでバーガーショップで勉強していた。

あの男が来る日。そう考えるだけで家への足取りが重くなり、並木道の手前の街灯の下で立ち止まると、スマホをカバンから取り出した。

──この時間なら、もう電話に出られるかな。

スマホの明かりに顔を照らされながら、見慣れた名前をプッシュする。一度もコールする事なく、海人の声が届いた。

『よう。どうした?』

「早い！　なんで?」

『何かオマエから電話来る気がして、スマホ、手に取ったとこだった』

「えー、それってスゴくない?」

定時制の高校に通っている海人は、朝早くから学校で紹介された食品加工工場で働いている。土日にも別の仕事をしている事もあってお金に少し余裕ができ、最近ようやくスマホを手にする事ができた。

　それからというものの、二人は頻繁に連絡するようになっていた。海人の仕事や学校の邪魔にならない時間を見計らい、那波から連絡する事がほとんどだったが。

『こんな時間まで外か？　そうか、今日は母ちゃん、休みの日か。また家に帰りたくないんだろう？』

「うん、そう。今日はあの人がいるから」

『例の公務員？』

「私、あの人、すごく嫌なの。ママもいつもと違って、あまり楽しそうじゃないし。それにあの人……」

『どうした？』

「ううん。何でもない」

　──あの事は海人には言えない。言いたいけれど、余計な心配を掛けそうだし。それにあんな気味が悪いもの、見間違いであって欲しい。

「でも、泊まっていくのは本当に止めて欲しいんだけど。だって隣に私が寝ているのに……」

『そんな時はいつもみたいに、ヘッドフォンでＦＭ聴きながら寝ちまう事だ。今晩、何時頃寝る？　オレも同じ時間に同じ放送聴きながら寝るからさ』

今時ラジオを聴く者など周りには少ないが、それは二人にとって最近のお気に入りだった。

聴きたい時に聴ける便利さでは得られない、時間を共有する感覚。スタジオから発せられた声が電波に乗りラジオに届く。同じ時間に同じ声を聴き、ラジオパーソナリティとリスナー、リスナー同士、繋がれる感じがする。その不躾ではない人との繋がりは、不思議なくらい不安や寂しさを和らげてくれる。嫌な事が頭から離れない夜も、気付かないうちに眠りについてしまう。

『そういえば、バイク、夏前には何とかなるってよ。満朗さんが安いバイク見つけてくれて、今直してくれているんだ』

「じいちゃん、張り切っているでしょう？」

『あぁ、ピカピカにしてやるって頑張ってくれてる。オレも暇見つけては店覗いてるんだ。仕上がった事考えるとドキドキしてくるよ』

「でも、あまり無理して仕事しちゃだめだよ。土日も朝からバイトしているんでしょ？」

『そうでもしないと欲しいものなんて買えないよ』

「でもさ」

『バイクなら時間に縛られない。オレかオマエ、どちらかがどうしても会いたくなったなら、夜中でも早朝でも会いに行ける。オレが本当に欲しいのは、むしろそれなんだ』

「うん」

『辛くてどうしようもない時は、笑える映画の一本でも見てろよ。バイクなら、ここからだってオマエの家まで二時間もかからない。すぐに駆け付けてやる』

「うん、うん」

那波は胸が温かいものでいっぱいになるのを感じながら、空を見上げた。たった映画一本分の距離なのに、あの町で見る空とは随分違う、暗くて狭い空。

——海人と同じ空が見たいな。できる事なら、ずっと一緒に。

少しだけ元気を取り戻し、那波は家まで駆けていった。


〜〜〜


喫茶店から出ると、すぐにカナエに教えられたビアバーに行ってみた。

スナックウェーブの一駅隣の駅で、店は駅から近く、あまり同種の店がない事もあって、場所はすぐにわかった。

「顔もわからないのに、どうやって見つけるんだ？」

『その男が江波さんを殺したのだとしたら、江波さんは、その男と一緒にいるかもしれない。そうであれば、すぐにわかるはず』

「つまり、母ちゃんの姿を探すってわけか。でも、その土居ってヤツが犯人じゃないとしたら、まったく意味がないって事だな」

『そうね。でも、今はそうする以外に手がかりはないから。それに見てみなさい』

ルミエに言われ、手にしたガラス瓶を見てメルは驚いた。さっきまで綺麗に光っていたネックレスの宝石が、黒く濁っていたのだ。見ているだけで悪寒が走るような、不吉なものを感じる。

「なんなんだ、これ？」

『わからない。でも、きっと今やっている事は間違っていない。そんな気がする』

けれど夜が更けてくると人通りが少なくなり、少女が街角に立ち続けるのは目につき過ぎる。そろそろ潮時だろうと、メルはルミエに問いかけた。

「今晩、どこで寝る？　夜中にこんな中学生のナリでウロウロしていたら、それこそ補導されちゃうよ。日名子名義のネカフェの会員証使って、またネカフェにでも泊まるか。でも、待てよ。もしそこで怪しまれて警察にでも連絡されちゃったらヤバいかも……。そうだ、日名子に厄介になればいいんじゃねえか？　いつでも泊まっていいって言っていたし、あそこならここからも近いし、警察にもばれていない」

『そうね。あまり迷惑を掛けたくはないけれど、それが一番いいかもしれない』

ようやく見つけた公衆電話から日名子に連絡をすると、二つ返事で引き受けてくれた。


R駅から同じJRのI駅までは電車で十五分もあれば着く。そこから日名子の家までは歩けない距離ではないので、ビアバーからは行きやすい。

メルは自分が那波である事を電話では話しておらず、家へ着いてすぐに日名子に頭を下げた。

沖浦那波の事、病院から逃げてきた事、警察が捜しているであろう事。今まで起きた出来事を包み隠さず日名子に告げた。夜になったら那波の母親を探さなければいけない事も。

日名子はかなり驚いた様子だったが、メルを責めたりはしなかった。

「大丈夫、ずっといてもいいよ。どうせ、ウチのお母さん昼間はいないし。私と那波さんに接点はないから、警察にバレる事もないだろうしね」

「ホントにすまない。でも、那波は絶対に母親を殺してなんていないから。とは言っても日名子に迷惑かけちゃうのは確かだし、こうやって頭下げるしかねぇけど」

「本当にもういいって。それじゃメルは夜、塾に行っている事にするね。中学生が夜遅くまでうろついているのは、流石にウチのお母さんでもマズイって思うだろうから」

「ホント助かるよ、ありがとう！」

「でも残念だな。もうルミエの声が聞けないなんて」

メルが家へ来てすぐに、ルミエと話がしたいと、日名子はラジオのチューニングを回してみた。けれどルミエの声は日名子に届かなかった。

「日名子が立ち直ったって事だよ。どうだ、学校は？」

「うん。あれから原さんたちも大人しくなったし、なんとかやっていけそう。でも、まだどうしてもツッコの事を思い出す。ツッコがいたらなぁって思うと、涙が出てくる」

そう言いながら、すでに日名子の瞳は濡れている。

「それでいいんだってルミエは言っているぜ。思い出す事も忘れる事も無理をせず、自分の気持ちに素直でいろってさ」

「うん。わかった。ルミエ、ありがとう」

その翌日から、ビアバーの開く午後五時から中学生が出歩けるギリギリの時間まで、店の近くに立ちながら、江波と共にいるだろう土居の姿を見つける事に集中した。

那波と面識があるはずの土居の目を誤魔化すため、リサイクルショップで手に入れた、男っぽい柄の長袖Tシャツにジーンズ、ツバの大きなキャップを被った。

幸いスリムな体型なので、パッと見は男の子のようにしか見えないはずだ。

同じ場所にいては怪しまれるだろうと、場所を移動しつつ店に入るお客をチェックする。そして午後十時過ぎには日名子の家へ帰る。そんな日々が数日続いた。

「悪いな。何から何まで世話になって」

「いいよ、気にしなくて。私、本当に感謝しているんだから。ツッコの事、メルたちがいなかったらわからないままだった。〈ケダモノノアイ〉も完成しなかったし」

「そう言ってもらえると嬉しいよ。那波がこの体に帰ってきたら、オレは自動的にあの世に行っちまうから、日名子には借りを返せないかもしれない。でも、このお札は那波にしっかりとさせるからさ」

「そうか。那波ちゃんの魂が見つかったらメルとはお別れなんだね。それって、なんか寂しいな」

「魂自体がなくなるわけじゃないらしいから、オレはまたどこかで生まれ変わるはずだ。まぁ、新しい器がすぐに見つからなかったら、日名子のトコに遊びに来てやるよ」

「それって、幽霊じゃないの?」

「ああ、そうだ。真夜中に、鏡に映ったり便所から手を出したり、思いっきり怖い出かたしてやるから、ビビるんじゃねぇぞ」

「うわー、やめてよぉ」


日名子の家に落ち着いてみると、急に香帆の事が気になってきた。身代わりになりメルを病院から逃がしてくれた香帆。その後どうなったのだろう?

那波のため、涙を流してくれた。警察に咎められるのも恐れず、自分の服まで貸してくれた。

携帯番号は聞いていたので、日名子のスマホを借り連絡をしてみる事にした。

「これ、大原香帆さんの電話で、いいんだよね」

『はい、そうですけど……』

「オレだ。メルだよ」

『えーっ、メル? 嘘! 今どこにいるの? この電話、誰の?』

見知らぬ番号からの電話に、香帆は最初硬い口調だったが、メルだとわかると大声を上げて驚いた。

香帆は、真犯人に辿り着けるかもしれないというメルの話に、声を上げ喜んでくれ、何度も、ありがとう、と礼を言った。

「礼を言わなきゃいけないのは、こっちのほうだ。これで那波の母ちゃんを見つけられたなら香帆のおかげだよ」

『私だって那波が犯人だなんてイヤだし！　でもホントに良かった、やっぱ、那波はやってないんだね？』

「まだ母ちゃんには話聞けてないけど。でも、ルミエは那波が犯人じゃないって確信しているみたいだ。それで香帆は大丈夫だったか？　警察に怒られただろ？」

『そりゃそうよ。警察にも親にも大目玉！　だって殺人犯を逃がしたのよ？　今でも私の家を警官が見張っている。犯人幇助罪《ほうじょざい》って罪なんだって。那波が無実にならないと私まで犯罪者になっちゃうんだから、しっかり頑張ってよね』

「わかった」

『でも気を付けてよ。相手は本物の人殺し、何するか、わからないんだから』

「わかってるって。そういやオレ、ネットで樫の木、調べたんだ。香帆言ってたじゃん、那波って樫の木みたいなヤツだって」

『うん』

「樫の木ってさ、堅くて燃えにくくて建材に適してるらしいけど、湿っぽくて加工しづらいらしいな。オレ、まだ那波の事を全然わかってないけどさ、なぜだか納得しちゃった」

『笑える！　那波はそんなヤツだよ』

「そんなヤツでもさ、帰ってきたら頼むな。那波には香帆が必要だと思うんだ」

『当たり前だよ、任せて。あっ、誰か来た、電話切るね』

香帆の心配に、素直に感謝した。

日名子の協力も、カナエの涙も、出会った人々の温かい思いやりが、メルは心から嬉しかった。思いがけず目尻が熱くなる。

『なによ、メルって割と泣き虫なのね。まだ、これからなのよ。一番大事な事は』

「わかってる。わかってるけど、みんなイイやつばっかりで、オレ、嬉しくてさ。こんなに那波を思ってくれるみんながいるんだ、那波が戻ってきても大丈夫だよな？」

『そうね。大丈夫よ、きっと』

メルは、書棚のガラスに映る那波の姿を見つけ、そっと呟いた。

――きっとオレが、オマエの母ちゃんを殺したやつ、見つけてやる。だから、もう少し待っていてくれ。


〜〜〜

ある日、いつものように母親が連れてきた男。

那波も最初こそは、土居圭介《けいすけ》というその男の優しい物腰と、役所勤めという父親との共通点に親近感を感じていた。小柄で細身な外見も、どこかしら父親に似ている気がした。

しかし帰りが遅くなったある日、自分たちの住む団地の部屋を、隣接する公園から見上げている土居の姿が目に留まった。

声を掛けようとしたものの、いつもと違う様子に思わず足が止まった。

部屋を見上げる顔にいつもの温和な笑顔はない。冷たい表情のまま、一瞬、口角を僅《わず》かに上げたのがわかった。気味の悪さを感じその場を離れようとした時、土居に張り付くような黒い影が見えた。

那波は悲鳴を呑み込んだ。

影はユラユラと形を為《な》していないようにも見えるが、女だという事はわかった。まるで土居を監視しているように寄り添っている。

震えながら、その場から逃げるのがやっとだった。

その日以来、土居は江波の休みの水曜日は欠かさず、仕事帰りに家を訪れ泊まるようになった。

那波は自分の見たものを正直に告げて良いものかわからず、土居が来ると顔を見ないように部屋に閉じこもり、ヘッドフォンを付けた。

あの不気味な影は自分の見間違いであって欲しい。そう願うしかなかった。

週に一回、判で押したように江波のもとを訪れる土居。その不快な夜をラジオを聴く事でどうにかやり過ごすようになり、約二か月程たった頃だろう。

母親が台所に立つ姿を見て、那波は今度こそ大きな悲鳴を上げた。

「イヤァァーー！」

母親の側に立つ、例の黒い影が見えたからだ。影はあの時と同じ女だと直感的にわかった。

那波が泣き声を張り上げながら母親に駆け寄ると、影は消えてしまったが、胸元に下げたネックレスが目に留まり、すぐにそれを引き千切った。

「何するのっ！　これ、圭介さんから……」

「ダメッ！　こんなの付けてちゃぁ！」

あまりの那波の剣幕に、江波も思わず言葉が詰まった。

それはつい先日、土居から貰ったらしい。かなり高価なものらしく、白く輝く大きなダイヤモンドが、落ちた床でキラキラと光を拾い輝いていた。那波にはその輝きが、禍々《まがまが》しいものにしか見えなかった。絶対に身に付けてはいけないものだと、強く感じる。

「お願い！　もうこんなもの二度と付けないでっ！　どこかに捨てちゃって！」

酷く取り乱している那波の様子に江波もただならぬものを感じ、仕方なくそのネックレスをつける事は諦め、どこかへ持っていってしまった。

けれど、那波の不安は大きくなるばかりだった。


江波の話では、土居には死に別れた前妻がいたらしい。

その死が自死であったと聞き、那波は体の芯まで凍えるような不安を感じた。土居がどんな人間なのか、死んだ前妻の名前も知りたい。しかし土居に直接聞くわけにもいかず、土居の名をネットで検索した。

土居圭介、多くの同姓同名の名前がヒットする中、F市のある年度の予算案の概要、その事業の一つである小学校校舎改築の担当者として、その名前があった。肩書きは教育総務課課長、F市市役所に勤めているとは聞いていたので、間違いなくあの土居だった。

しかし市役所絡みで検索してみても、それ以上の事は何もわからない。

それでも那波は諦めず、公務員の名簿が売られている事を知ると、なけなしの貯金をはたいてそれを買い、F市市役所の職員の名前を虱潰《しらみつぶ》しに検索した。あらゆるSNSのサイトを見て、土居の名前や姿がないか必死で調べ続けた。

「見つけた！」

それは同じF市職員の個人的なSNSで、職場の仲間と行ったバーベキューの他愛のない記事。そこに参加していた土居の姿が、写真の片隅にたまたま写っていたのだ。

どうやら土居と同期の職員らしいその男は、かなりまめな性格らしく、ほぼ毎日のようにSNSに投稿していた。どれもこれも他人からしたらどうでもよい事ばかり、とりとめのないコメントにウンザリしながらそのSNSを遡《さかのぼ》り、那波はようやくお目当ての情報を得る事ができた。

それはその男が参列した結婚式の記事。写真に写る新郎は土居、そしてその横で微笑む新婦。

「ひっ……」

その写真を見て、那波は短く悲鳴を漏らした。体が恐怖に震え出す。長い髪、細身で小柄な体型。あの影の女性だと、すぐにわかった。

その記事のコメント、「新婦の潤子《じゅんこ》さん、キレイ。あー、もったいない笑」そして写真の奥に小さく写った両家の案内。土居家、水谷《みずたに》家。

旧姓水谷潤子、それが死んだ前妻の名前だった。

今度はその名前を検索するが、本名でSNSでもやっていない限り、会社の代表者や役員、著名な人以外には検索になかなか引っ掛からない。仕方なく、土居にばれるのは怖かったが、結婚式の写真を撮ったF市職員を訪ねてみる事にした。その男には自分が潤子の姪で、叔母の自死を受け入れられないのだと嘘をついて。

どんな些細な事でもいいから潤子について聞き出したかったが、同僚の男の答えは歯切れが悪く、詳しく話すのを躊躇しているようだった。

「え？　いや、土居さんに非があったかどうかなんて、僕にはわからないよ。だって僕は結婚後の二人の様子なんて知らないし。暴力？　まさか、そんな事をする男じゃないよ、彼は。打ち合わせで初めて顔を合わせた時に運命を感じたらしくて、結婚式での彼の喜びようったらなかったよ。それがまさか、あんな事になるなんて」

話の中の一言。那波は聞き逃さなかった。

「打ち合わせ？　その頃、叔母がしていた仕事って、確かMデパートの衣料品売り場で店員をしていたはずですけど。なんで市役所の人と打ち合わせなんて……」

「違うよ。土居さんはあの頃T小学校の新校舎の建設に携わっていて、その時に奥さんと知り合ったんだ。確か、市内の建築資材の商社に勤務していたはず」

それ以上聞くのは避け、自死した叔母の件なので、自分が来た事も尋ねた事も土居には言わないようお願いして、その場を後にした。

そして建築資材を扱うF市の商社を虱潰しにあたり、ついに水谷潤子の勤めていた会社を探り当てた。

「あ、もしもし。すいません、そちら、C商會さん、ですか？」

『はい、そうですが？』

電話に出たのは、女性だった。

「あ、あの、私、土居と申します。そちらでお勤めだった水谷潤子さんについてお尋ねしたい事があるのですが」

『水谷潤子、え？　あの、三年前にお亡くなりになった……』

「そ、そうです。私、土居圭介の娘で、潤子の義理の娘になります」

見つかった！　思わず声が上ずる。

『そうなの。そういえば土居さんになったのよね、潤子ちゃん。それで、どのような用向きで？』

「あの、実は先日、私の父、土居圭介が亡くなり、その報告を一応潤子さんのご実家にもお知らせしたいと思ったのですが、生憎《あいにく》、連絡先を記したものがなくなってしまって。あの、火事で父は亡くなったもので、その時一緒に燃えてしまったんです」

『まぁ、潤子ちゃんも亡くなって何年も経たないというのに、それはご愁傷さま。不幸って、続くものなのね』

電話口の女性は会社の社長の奥さんだそうで、親切に色々と教えてくれた。

その会社で事務員として働いていた潤子が、仕事上で市の担当者だった土居と知り合い付き合うようになった事。結婚後、すぐに会社を退職して家に入ったものの、一年経つか経たないうちに自殺してしまった事など。

その会社からはさほど遠くない潤子の実家には、まだ両親が健在だと聞き、那波はその家へ行ってみる事にした。

ここに辿り着くまでに重ねた嘘。心苦しさで胸が潰れそうになるが、もう少しで土居という男の本性が摑めそうな気がして、必死に気力を振り絞る。

週末、特に連絡もせずに訪ねたものの、幸い家には潤子の両親ともいて、唐突な那波の訪問に驚いた様子だったが、話をする事ができた。

那波は、この両親には包み隠さず話した。

自分は土居と再婚しようとしている女の娘で、土居の人間性に疑問を持っていると。

そして、土居という男について詳しく教えて欲しいと頭を下げた。

「潤子は、土居に殺されたのよ」

白髪の母親は、そう言って唇を嚙んだ。那波も思わず息を吞んだ。

新築した家には夫婦二人で住む約束だったはずなのに、なぜか土居の母親も一緒に暮らす事になった事、その母親と折り合いが悪かっただけではなく、土居が潤子を過剰に束縛し、潤子がその事にも悩んでいた事を話してくれた。

まるで使用人に対するような義母の扱い。なによりも土居の異常な嫉妬深さ、執着心。ちょっと近所に買い物に出ただけで、執拗にその行き先と目的を問い質《ただ》すほど。ほとんど家に閉じ込められていたようなものだったと、母親は涙を浮かべた。

「潤子も一年は我慢したのよ。あの子は辛抱強かったし、その頃に私が思っていた事もあって、私たちには心配かけまいと必死だったんだと思うの。けれど、結局は土居と別れる事を決意したんでしょうね。家へ帰っていい？　そう私に連絡してきたのよ。でも潤子は、その翌日に亡くなった」

「土居さんが、殺したというのはどういう事なんですか？」

「潤子の死因は首を吊った事。不審な点は見つからず警察は自殺と断定した。私たちの主張も聞いてはくれず、だから私たちも諦めるしかなかった。でも、今でも私は思っている。あの子は土居に殺されたって。潤子は、自殺するような弱い子ではなかった」

父親も悔しそうにそう言った。

リビングに飾られている小さな仏壇。そして亡くなった潤子の遺影。嫌でもあの影を思い出してしまう。それでも、声を震わせながらも必死に尋ねた。

「あ、あの、ネックレスをご存じないですか？　大きなペンダントトップがついた」

「多分それは、土居が潤子にプレゼントしたものだと思うわ。本当かどうかはわからないけれど、かなり高価なダイヤだとは聞いたわ」

〜〜〜

ビアバーに通い四日が経った。

もしかしたら土居がここに来る事はないのでは、そう思えてきた。カナエが見た時は、たまたまこの店に来ただけだったのかもしれない。

けれど、次に何をするべきかわからない以上、今は僅かな希望に縋《すが》るしかないのも事実だった。ひたすらビアバーに訪れるお客を監視するだけ。メルは時間を持て余したのか、時折小さな手帳に何かを書き綴っていた。

『それ、何？』

「日名子に貰ったんだ。手帳」

『何を書いているの？』

「今まであった事だ。オレが消えた後、那波に読ませたいと思って。信枝ばあちゃんの事、じいちゃんの手紙。月子の強さや、日名子の変化。香帆へお礼する事も、カナエさんの思いやりも、忘れられたら困るからな」

『あら、わたしの事は？』

「もちろんルミエの事も伝えるさ。オレはルミエがいなかったら何もできやしなかったし、ルミエがいてくれたからこそ、みんなの心に光が灯ったみたいなものだろう?」

『あら、ずいぶんと気の利いた事を言うのね』

「うるせー。恥ずかしいのを我慢して褒めてやったんだ」

『でもね、わたしもメルには感謝しているのよ。わたしを見つけてくれてありがとう。みんなを見つけてくれて、本当にありがとう』

「よ、よせよ」

そんなやり取りをしていた時、突然ルミエは、短く『あっ』と興奮した声を上げた。メルは慌てて、店の扉を開こうとしている痩せた男の姿を見て、思わず息を呑んだ。

『来た! あいつがそうなんだな!』

男に張り付くような女の姿。生きている者とは違う。メルの目にもはっきり見えた顔には、那波の面影が重なって見える。

しかも、張り付いているのは、一人だけではなかった。長い髪のもう一人の女。その女は江波よりいっそう輪郭がぼやけ、もはやゆらゆらと揺れる黒い影のようにしか見えない。

その不気味な姿には、メルも背筋が凍る感じがした。

「あ、あれって?」

『誰なのかしら、わからない。けれど今は早くわたしをあの男の近くへ、江波さんの近くへ連れていって』

メルは仕方なく、帽子を目深にかぶり直すと、男の後を追い店の扉を開いた。

「いらっしゃいませ」

外から見るよりもずっと店内は広く、江波を連れた男は、奥のカウンターに腰をかけていた。幸いな事に土居は入り口に背を向けていたので、メルが入ってきた事は気付かないようだった。

「あのー、家族と待ち合わせしていて。中で待たせてもらっても、いいですか？」

店員は快く店内に通してくれた。メルはすかさず、男の後ろの席に背を向けて座った。

メルがさりげなく後ろを窺うと、江波と向き合う美しい少女の姿が目に入った。

「ルミエ？」

あの時と一緒だった。那波の部屋でルミエの姿を見た時と。慌ててメルは自分の姿を体を確認した。手、足、頭、実感がある。

——良かった。また魂が抜けてしまったのかと思った。

あの時、那波の体から魂が抜け落ちてしまった結果、ルミエの姿が見えたのを思い出したのだ。

二人の姿は、何もそこにないかのように、店員も客も目に留める者はいない。けれど、メルにははっきりと見える、ルミエと江波の姿。二人の姿は、穏やかに揺れつつ重なり合う。そして、もう一人の女もまた、その中へと黒く揺らめく身を寄せていく。

人の魂と同化して重なり合う、波のように。ルミエの言葉を思い出す。

ほんの二、三分の事だっただろう、メルの隣の席にルミエがフワリと座った。メルを見つめる青い瞳は愁《うれ》いを含み、深い海を連想させた。

「やはり江波さんを殺したのは、あの土居って男よ。それに那波ちゃんに罪を被せたのもあの男。那波ちゃんを騙して精神的に追い詰めて、自殺するように謀《はか》ったのよ。そして、もう一人の女性、彼女は前の奥さん。あの男は自分の奥さんも自殺に見せかけて殺したのよ」

「奥さんはなんで母ちゃんに比べて、あんな影みたいになっているんだ？」

「彼女の魂が、恨みや怒りといった悪しき感情であの男に縛り付けられているから。早く自由にしてあげたい」

土居を見つけた後の事は、きちんとは考えていなかった。けれど、全てが土居の罪だとわかった以上、どうやっても罪を償わせなければならない。

しかし、警察に何といって説明したら良いのか、まさか江波から聞いたとも言えない。

　土居が自ら罪を認めるしかないだろう。けれど土居がそう簡単に自分の犯した罪を認めるとは到底思えない。ならば、殺されたという奥さんの線から何とかできないか？　けれどそれは数年前に自殺として処理されて終わった事。今さら警察が再捜査してくれる事はないだろう。

　唯一の望みは、江波が残してくれた土居の罪を暴けるかもしれない証拠。

　それはルミエが直接話を聞けたから知り得た事だ。このまま、手に入れた証拠を警察に届け出れば、土居に対して疑いの芽くらいは生まれるかもしれない。

　けれど、それだけでは決定的な証拠にはならず、罪に問えるかはわからない。

　それに那波の自殺未遂が土居の策略であるという事にメルはひどく憤慨し、警察だけには任せたくないと言い張った。

「オレ、許せねえよ、あの土居ってヤツ！　那波の母ちゃんを殺したばかりか、その罪を那波に被せ、自分は酒を飲んでのうのうとしてやがる」

「どうするつもり？」

「母ちゃんはどうしたいって言っていた？」

「那波ちゃんを救いたいって、それだけ」

「那波は絶対に助ける。けれど、それだけで済ますわけにいかない。アイツに思い知らせてやれる、うまいやり方があればいいんだけど」

「そうね、なら、わたしに考えがある。今から言う事、その手帳に書いてくれる？」

メルはルミエに言われた事を手帳に書くと、一枚破き小さく折った。

そして、家族が急用で来れなくなったと再び嘘をついて席を立つと、土居の椅子の下に落ちていたから渡して欲しいと告げ、店員にその紙片を渡した。

◇◇◇

なぜあなたは私を殺したの？
愛してくれていたんじゃないの？
なぜあなたは、そんなに平然としていられるの？
那波に自分の罪を被せて安心しているから？
許せない
私を殺した、あなたを
私の愛する那波まで殺そうとした、あなたを
私は許さない。絶対に許さない

◇◇◇

メッセージを受け取った土居は慌てて席を立つと、店内を真っ青な顔でキョロキョロと見回した。

扉の陰からそんな土居の姿を見届けたメルは、早足で店から離れた。


〜〜〜


ガッチャン。

重い鉄製の玄関扉の閉まる音。ようやくあの男が帰っていった。

カーテンを開き窓越しにスーツ姿の土居が遠ざかるのを見て、一晩付けっぱなしだったヘッドフォンを外した。

視線を移し眼下に広がる町を一望する。老朽化した団地が唯一誇れるのが、この景色の良さ。朝の霞んだ空気のせいか。遠く都心のビル群が天空に浮いているように見える。少し幻想的でずっと眺めていたい気分になる。

——海人にも見せてあげたいな。でも……。

そう考えて、少し気が滅入る。自分の部屋から見えるこの眺望の事を、那波は海人に話していなかった。話して高揚する気持ちを共有したかったが、この部屋に海人を入れるという事を想像すると躊躇してしまう。

——だってそれじゃ、ママと一緒。

気持ちがくさくさしてきた那波は、顰《しか》めっ面《つら》で部屋の扉を開いた。江波は昨晩洗い残したシンクの中の食器を洗っている最中で、肩を落とし下を向くその背中は、少し老け込んで見えた。

まるで姉妹のように見られた母娘、それだけは自慢だった。それなのに。老けた姿なんて見るのは嫌だった。まだ好き勝手やって楽しんでいるほうがマシだと思う。原因はあの男に違いない、そう思うと無性に腹が立ってくる。

那波は、おはよう、も言わずに食器棚から自分のマグカップを手に取る。

「圭介さんの持ってきたケーキあるけど食べる？」

「いらない」

思いきり濃いコーヒーに、砂糖をたっぷり入れ牛乳を注ぐ。苦くて甘くて、ボンヤリした頭が冴えてくる気がする、最近のお気に入り。朝食はこれを飲むだけ。

「ここのところ、あんた、変じゃない？」

「別に」

「ウソ。ごはんもあまり食べないし、それ以上痩せたって知らないんだから」

自分のほうを見向きもせず口を閉ざす那波を見つめ、江波はため息をついた。

「あのさ、聞いてくれる？」

「……」

「私、別れるかも。圭介さんと」

「……あ、そう」

平静を装いつつ、那波は心臓が高鳴るのを感じた。

――良かった！　あんなやつ、別れたほうがいいに決まっている。だって、あいつは人殺しなんだから。

水谷潤子の家で聞いた事は、すぐに全て江波に話した。怖いけれど、前に見た奥さんと思しき影の事も話した。けれど、まだ土居への気持ちが残っていたのか、江波は笑って取り合ってくれなかった。

「前の奥さんの事は知ってるよ。圭介さんが前に話してくれた。でも自殺だったんでしょ？　そもそもあんな臆病な人に人殺しなんてできないって。それに幽霊？　そんなのいるわけないじゃない。あんたの見間違いだよ」

「二回も見たんだ、見間違いじゃない！　あの人がこの部屋見上げてる時と、ママがあのネックレス付けてる時。前の奥さんの影が本当に見えたんだ！　絶対に何かある！　奥さんは殺されたんだよ！」

「あんたね、いい加減にしないと怒るよ？　いくら何でも、そんな話、笑えないっての」

そんな事で大喧嘩になったのは少し前の事だ。

「私の忠告、聞く気になったんだ？」

　那波は江波の表情を横目で追いながら、本心を探る。

「圭介さん、公務員じゃない？　とことん優しくて真面目で、あと見た目？　真ちゃん、あんたのパパに似ているかなって思ったんだ。今でも時々ドキリとするくらい。それにさ、あんたの新しいパパにもなるわけだから、どうかなぁって思ったんだけど」

「やめてよ！　私の事なんて、どうでもいいよ」

「でもさ、私だって一応、あんたの親なんだし。これでも、色々考えてたんだから。あんただって大学、行きたいでしょ？」

「そんな事、一言も言ってないじゃない！　それに今まで散々好き勝手やってきて、なんで今さら母親面してんの！　自分が別れたいからって、私のせいにしないでよね」

「そういうわけじゃないけど、ないけどさぁ」

　ペタリと椅子に座り、タバコを吸おうとして那波に睨まれる。仕方なく自分もコーヒーを淹れて口にする。薄いアメリカン。

「このあいだ、圭介さんの母親に会ったんだよ。待ち合わせしたら突然母親連れてきさ。根掘り葉掘り聞かれちゃった。学歴とか、仕事の事とか、色々」

那波を見ずに、独り言のように喋り続ける。

「結婚するなら、仕事を辞めて家に入れって。ま、それはいいんだけどさ。年齢を考えると早く子供作れって、そう言うんだよ、その母親が。それ聞いて、あ、そうかって思っちゃった。ま、私ももう三十四だし、そうだよね、結婚って、そういう事も意味するのかなって。でさ、何か引いちゃったんだよね。それ聞いて
「子供を作るって事が？」

「それだけじゃないんだ。タバコは吸うな、喋り方がなってない、服が派手過ぎる、髪染めるな。もう、注文ばっか。そんな母親にあの人何も言えなくて。おまけに同居？　ありえない。でも何より許せなかったのは……」

「何？」

「あんたができた時って、すごく嬉しくて、真ちゃんもメチャ喜んでくれてさ。デキ婚だったけど周りの目とかも関係なくって、二人して突っ走っちゃった感じ？　でも、あいつとの間に子供ができても、きっとそうはならない。あの母親がいる家で子育てとか、マジ勘弁してって感じだし」

「それってただの我儘じゃない」

「ま、そうなんだけど」

「でも本当に別れられるの？　あの人の事、もう好きじゃないって言える？」

「嫌いになったかっていうと、そうでもないかな。あの人、小さい時から母親と二人きりで、母親に色々と干渉されて、好きな事とかやりたい事とかもロクになくて。自分から何かしようとするタイプでもないんだ。そんな人が私に夢中になって、お酒飲めなかったのを私がビール好きなものだから無理して飲んだりして。今じゃ一人でビアバーに行くようになったらしいよ。ちょっとカワイイでしょ？　何より私にベタ惚れで、色々尽くしてくれるし、お金には困らなそう。そういう意味じゃ、私にしては、今回は打算的だったかなぁって」

「私も今回はママらしくないなって思ってた。いつもはママのほうが夢中になっちゃうのにね」

「やっぱり？　でもさ、どんなに愛してるって言ってくれたって、私にだってあるんだよね、これだけは絶対に譲れないってものが。私、あんたのいない生活とか、考えられないし」

「私の事で、何か言われたの？　私が邪魔だとか？」

「まぁ、もういいじゃない」

江波は那波の頭をギュッと抱え込む。まだ酒臭い。香水の甘い匂いと混じって、鼻につく。でも、なんとなく突き放せない感じがした。

――これもママの匂い、だからかな。

那波は、その手にそっと触れてみる。そのドキリとするくらいカサカサした感触に、やっぱりママも年なんだなぁ、と寂しくなる。

「ねぇ、なんで今日に限ってパパの話、してくれたの？　いつもあまり喋りたがらないのに」

「私もさ、確かに真ちゃんの事大好きだったけど、でもずっと一人ってワケにもいかないし。だって、まだ若いしカワイイでしょ、ママ？」

「ウゲッ」

「私、あんたと離れる気ないから、新しい家庭を持つって事は、あんたはその人の娘になるって事じゃん？　だからあんたの中で、真ちゃんをあまり大きくしたくなかったんだ。新しいパパとうまくやるには、そのほうがいいでしょ？」

いつになく真剣な母親の様子に少し戸惑いながらも、那波は心に沈んでいた澱《おり》が取り除かれるように感じて、体も心も軽くなってくる気がした。

「伝わってないかもだけど、私にはさ、あんたが必要なんだよ」

「嘘ばっかり！　ママにとって私なんて邪魔者だったんだよ！　だって私がいるの知ってるくせに、平気で男の人とHな事とかしてたじゃない！　私、本当に嫌で嫌で仕方なかったんだから！」

「あちゃー、やっぱ聞かれてたんだ！　あんたが寝てる時を見計らってたつもりなんだけどな。ゴメン！　それ言われちゃうと弁解の余地ない。でも、あんたが必要ってのはホントなんだって」

「小っちゃい時からずっと、夏休みの間中放りっぱなしだったくせに！」

「でも、あんただって好きで行ってたじゃない、父さんのトコ。確かに蔑《ないがし》ろにしちゃってたり、嫌な思いさせちゃってるって自覚はあるけど、あんたならいいかなって。だって、あんたは私の一部みたいなものだから。あんたが痛い時は私も痛いし、あんたの嬉しい事は私も嬉しい。だから、私が楽しくしてれば、あんたも楽しいかなーって」

「なに勝手な事言っているのよ！　わけ、わかんないし」

「でもね、あの人の好きは、そうじゃない気がするんだ。何ていうか、独りよがりな……」

「どういう事？」

「あんたもそのうちわかるよ。たくさん人を愛するようになれば」

「私、本当に愛するのは一人だけでいい。たくさんの人を愛するなんてできない！」

「そんな事ないって。そもそもあんたの半分は私でできてるんだよ？　私に似てくるって、絶対」

「うわー最悪！　それって今、本当に悩んでる事なんだから！　私、何が嫌って、ママに似ちゃう事が一番嫌なんだからねっ！」

「なによ、そんな言い方しなくたっていいじゃない」

江波は強引に那波を抱きしめると、頬に頬を寄せてきた。もう子供じゃない、お酒臭いのも嫌い。けれど那波は何も言わず、江波のしたいがままに身を任せた。

〜〜〜

◇◇◇

知っているわよ、あなたの犯した罪を
潤子さんは首を吊ったように
私は自分で胸を突いたように
そう見せかけ、殺した罪を
潤子さんは最後にこう言ったでしょう
お願い、止めてと
私はこう言ったわね
絶対に、許さないと

それは、いつばれるのかしら？

◇◇◇

土居の家の玄関に貼りつけ、勤め先にはファックスを送る。メルは数日にわたって、それを繰り返した。

今まで平然と振る舞っていた土居が受け取った、届くはずのないメッセージ。

——誰かに見られた？　そんなはずはない。潤子の親か？　それとも、江波のガキか？　まさか監視カメラでも使って？　いや、あいつは意識が戻らず植物状態だって話じゃないか。それにしてもこれは僕と彼女たちにしかわからないような事を知り過ぎている……。

勝手に膨らんでいく想像は、確実に土居を蝕《むしば》んでいるように見えた。

職場で同僚に声を掛けられただけでも、ビクリと体を震わせ大袈裟に驚く姿。夜の帰り道、おどおどと周りに気を配りながら歩く様。

江波ともう一人の影は、しっかりと土居に張り付いている。その気配に敏感になっているのではと思わせる程、土居からは余裕が失われていた。

メルは陰からそれを見ながら、ざまぁみろ、と愉快そうに笑った。

「あなたって、意外と意地悪な人なのね」

「アイツのした事からしたら、このくらい構いやしないさ。それで、これからどうしようか。ルミエに何か考えはある？」

「そろそろ証拠をネタに土居を誘い出して、後は警察に任せたほうがいいんじゃないかしら」

メルは隣に立つ美しい少女に頷いた。

あの日以来、ルミエの姿はメルの目にはっきり見えたままになっていた。

そしてその日。メルは土居の勤める市役所に向かうと、まずは警察に電話をかけ戸川を呼び出した。もちろん、自分が沖浦那波だと名乗って。

幸いな事に戸川は署にいて、電話口に出ると声を上ずらせ、メルが話すのを待たずに問いかけてくる。

『本当に沖浦那波さんなのね？　いったいあなたはどこから電話をかけているの？　何だって逃げ出したりなんてしたの？』

「必要な用件しか話すつもりはありません。嫌なら電話を切ります」

『わかったわ。わかったから電話を切らないで。何、必要な用件って？』

「探してもらいたいものがあるんです」

『探してもらいたいもの？　それは何？』

「ワタシの家の台所、シンクと冷蔵庫の隙間をよく探して下さい。シャツのボタンが落ちているはずです。それは、ママを殺したヤツのシャツのボタンです」

『何ですって？』

「ママが自分を殺そうとしたヤツのシャツを引っ張って、取れて落ちたものなんです」

『何で？　何でそんな事をあなたが知っているの？』

「言っても信じてくれないだろうし、信じてくれなくていいです。でも、今から言う男を見張っていて下さい。お願いします。きっと、その男は絶対にウチに来ます。そのボタンを探しに。その男はF市役所に勤める……」


戸川が自分の言う事を聞いてくれるかはわからない。けれど、それに託すしかない。

そして、ルミエのアドバイスをもらいながら書き上げた、最後のメッセージに目を通した。

「これで追い詰められるよな？　那波の母ちゃんを殺したアイツを、那波を殺そうとした、アイツを」

メルは、自分が那波でいられる事が、そう長くはないことを確信していた。

◇◇◇

良いことを教えてあげる、あなたが気付いていない、あなたに大切な事を
私を殺した時に着ていたシャツのボタン、一つだけ取れてしまってるのよ
私があなたにプレゼントした、青いストライプのボタンダウンシャツ
血が付いてしまい、あなたが自宅で切り刻んで焼いてしまったあのシャツよ
下から二番目のボタンが無くなっているの、気付かなかったでしょう？
そう、それはあなたが私を刺し殺した、あの夜の事
私がとっさにシャツを引っ張った時に取れ、床に転がり落ちたのよ
あのボタンは、今もウチの台所に落ちている、もちろん場所は秘密
あれが見つかったなら大変ね、あなたがやったという大切な証拠だもの
誰が見つけてくれるかしら、あなたのための地獄への招待券
誰かに教えてしまおうかしら。死んでる私にはできない、そう思う？
でも、私はこうやって離れずにあなたの側にいる
それがなぜだかわかる？　そう、あなたの最期を見届けるため
何度でも言うわ、私はあなたを許さない、絶対に、許さない

◇◇◇

その日のうちに、土居はそのメッセージを受け取った。自分の机に無造作に置かれた無記名の封書。

震える手で封を切り、内容を目にした途端、一気に顔色を失った。

「どうしたの、土居さん？　顔色が真っ青よ？　また、何か届いたのね。例の怪文書の件もあるし、警察に相談したほうが良いわよ？」

「い、いえ、大丈夫ですから……」

土居は椅子にドサリと座り込み、両手に顔を埋めた。

〜〜〜

土曜日の午後。授業を終え学校から戻ると、那波は早速ご馳走の準備を始めた。

昨日の事だ。那波が学校から戻ると、江波が大きなバッグにハンドバッグやら時計やら詰めている最中だった。

「何してるの？」

「圭介さんから貰ったもの。明日、返しにいくんだ。高いブランド品も多いから、ホントはリサイクルに持っていってお金にしたいんだけど。なんか、それだとケジメつかないじゃない？」

別れるかも、そう那波に言った日からずっと、土居が家に来る事はなかった。

「ホントに別れたんだ。でもママ、前にもこんな事あったよね？　別れたって言ってた男の人、シレっと家に連れ込んだ事」

「あんた、よく覚えてるね。でも、圭介さんとはキッチリ別れたんだって」

「本当に？　信じていいの？」

「まったく那波ったら疑り深いんだから。でも、ホントだよ。でさ、明日は店にも休みもらってるから、夜ごはん、ご馳走にしてよ。ママの新しい門出なんだし」

「しょうがないなー。何がいい？　やっぱりステーキでしょ？　それとポトフ？」

「いいね！　最近のあんたのポトフ、母さんの味に似てきてるよ。だから大好きなんだ。じゃ、私はケーキ買ってくるよ」

――今日の肉、奮発して和牛なんだから。ポトフのソーセージもシャウエッセンだし。お酒も少しくらいは許してあげようかな。

そんな事を考えながら江波の帰りを待った。

午後六時を回った頃、玄関先に江波の声が聞こえた。那波は急ぎ足で玄関まで行くと、大きく扉を開いた。

「ちょうど良かった！　これから肉焼こうと思ってたんだ……」

そこには江波と、土居の姿があった。

那波の顔が、クチャリと崩れる。

「な、何で？　何で？　ママ、言ったよね？　別れたって」

「あのね、聞いて、違うの。突然圭介さんが……」

江波が那波の腕を掴む。抱きしめようとするその手を、必死に振り払おうとする那波。

「止めて！　離してよっ！」

「だから聞いてってば……」

「やっぱり嘘じゃないっ！　ママ、嘘ばっかりだもん！　もう別れたなんて言ってたくせに、なんでまた連れてくるの！　信じられないっ！」

「那波！」

「もう私、我慢できないっ！　そんな人、家に上げないでよっ！」

「お願いだから聞いて！　ママね、ホントに別れたんだって。なのに……」

必死に抱きよせようとする腕を振り払う。

その時、那波の視線が捉えたのは、玄関先にじっと立つ男。口角を僅かに上げ、二人の言い争いを無言で見つめる土居の姿。

「いやあーっ！　もういいよっ！　ママの好きにすればいいじゃないっ！」

那波は大きな声で叫んだ。

「ママなんて、嫌いっ！　大っ嫌いっ！」

那波は江波の手から逃れ、土居を突き飛ばす。その足元にひしゃげたケーキの箱が落ちているのが目に入り、涙がポロポロと零れ落ちる。

那波は泣きながら家を飛び出した。

一年でもっとも陽が長いこの季節、午後七時近いというのに西の空には明るさが残り、桜並木は空に黒々としたシルエットを浮かびあがらせている。怒りと悲しみが溢れ出し、いつも以上に不愉快な気持ちになる。土居の顔を思い出すと、吐きそうになる。

あいつが殺したんだ。涙を浮かべ悔しそうにそう呟いた、潤子の両親の顔が浮かぶ。

——嫌、嫌、嫌っ！　あんな人とママが結婚するなんて、絶対に嫌。でも、ママの本当の幸せって何？　これってもしかして私の我儘？　あの人が本当は悪い人じゃなかったらどうしよう？　間違っているのが自分のほうだったら？　私、本当に邪魔者になっちゃう。

そんな問いが頭をグルグルと回る。

——会いたい！　海人に会いたい！　会って声を聞きたい。顔を見たい。そんなコトでメソメソするなんてオマエらしくないぞ、優しくそう言って欲しい。

那波は駅までの長い距離を一気に走り切った。息が上がり、汗が浮かぶ。まだ間に合うはずだ。あの町までの電車、まだ間に合う。

潮の匂い、海人、じいちゃん、バイク。

——あそこに行けば、きっと元の私に戻れる。あの海でいつも洗い流していたから、辛い事も嫌な事も。また洗い流せばいいんだ。

ちょうど帰宅時間と重なり、駅には多くの人が降り立っている。みな一様に無表情を顔に張りつけ改札を抜けてくる。

那波は着ていたパーカーのフードを頭からスッポリと被り、顔を伏せながら改札を抜けた。


〜〜〜


幼い頃、どうしても欲しいおもちゃがあり、駄々をこね買ってもらった。

それが何だったのかは思い出せないが、突然壊れてしまい、母さんに捨てられてしまった事は覚えている。

とても大切にしていたのに壊れてしまった事が悲しくて、ずっと手放す事ができずにいた僕の手から、母さんはそれを奪い捨ててしまったのだ。

泣き叫ぶ僕に、母さんは新しいおもちゃをくれた。

しばらく見向きもしなかった僕もいつしかそれを気に入り、そうなってみると何があんなに悲しかったのか、わからなくなってしまった。

僕は怖かった。壊れたものは冷たく僕を突き放し、まるで別物になってしまう。大切にしていた気持ちをあざ笑うように、僕を拒絶する。それがとても怖くてならなかった。

けれど、怖れる必要など、なかったのだ。

愛情は不変だけれど、唯一のものではない。新しいものを手に入れれば良かったのだ。

何か似ているな、と思う。そう、壊れてしまうから、いけないいんだ。壊れさえしなければ、僕がこの手からそれを離す事はない。

大切だから、愛しているから、一時だって離さずこの手に握っていたい。ずっとずっと。そう思う事がいけない事なのだろうか。それが、愛する、という事ではないのだろうか。

彼女たちには最初にそう伝えた。僕の愛するという事は、そういう事だと。そして、彼女たちもその愛を受け入れたではないか。

けれど、そのうちに二人とも言い出した。

自由な時間が欲しい。したい事をさせて欲しい。やる事全てに口を出さないで欲しい。

そして、最後は二人ともこう言った。

あなたとは、一緒には暮らしていけない。

愛される事を望みながら、その望みを手にしながら、それが思っていたものと少し違うからといって、なぜ急に手放してしまえるのだろう？

理由はわかっている。彼女たちは、壊れてしまったんだ。

……あぁ、そうだった。

壊れたおもちゃを捨てたのは、母さんじゃなかった。

捨てたのは、僕だったんだ。僕が自ら、それを捨てたんだった。


メルが那波の家を再び訪れた時、すぐに数人の警官が現れ、そこには戸川の姿もあった。

戸川は素早く駆け寄るとメルの腕を強く掴んだ。

「逃げやしないって。これは那波から借りている大事な体なんだ。乱暴にしないでくれよ」

「また、あなたはそんな事を言って。でも、思っていたより元気そう。良かった」

そう言いながら口元に笑みを浮かばせた。初めてメルに見せた戸川の笑顔は、キツそうに見える印象を少しだけ拭った。

それから事の顚末《てんまつ》を話した。

土居という男の事。どうやって土居が江波を殺したのか。どうやって那波を自殺に追い込んだのか。そして、電話でも話した証拠、土居のシャツのボタン。土居に送った最後のメッセージの事も話した。

メッセージを見た土居は、ボタンを探しに必ず来るはずだと。そして土居を捕らえて欲しいと。

メルの願いに戸川の表情は曇ったままだ。

「それを全部、信じろというの？　そもそも、あなたはなぜそんな事を知っているの？　殺されたお母さんにしかわからないような事まで、全部」

「直接死んだ母ちゃんに聞いたんだよ。もちろん、信じられないのはわかるよ。でも戸川さんはここに来てくれた。ボタンはあったんだろう？　土居は？　見張ってくれているのか？」

戸川は困った顔をして、ため息をついた。

「確かにあなたの言う通り、ボタンはあったし、土居圭介には張り込みを付けた。捜査本部を動かすの、本当に大変だったのよ。正直、私だってわけわからないのに」

「ゴメン。でも、オレ、嘘ついていないから」

「事件を最初に通報してきたのは土居だったし、被害者と懇意にしていたお客の一人だと店のママからも聞いていたから、当初は捜査対象になっていたわ。けれど、目撃情報や物的証拠は、どれもあなたが犯人だと指し示すものばかり。おまけにあなたは自殺を図った。お母さんを手に掛けたという自責の念から……私たちがそう考えているのは前にも言った通り。だから、すぐに土居は捜査対象からは外れたのよ」

くそっ。メルは唇を嚙んだ。

見つからない江波と那波のスマホ、それは土居が手に入れていた。それを利用し、江波の死が自分の責任だと那波に思い込ませ、自殺に追い込んだのも土居だった。けれど、その証拠は見つからないだろう。スマホは二つとも土居の手によりバラバラに壊され、すでに破棄されているのだから。

しかし、それらは直接江波から聞いた事。もはやこの世に存在しない者の証言。わかっているのに、本当の事と認めてもらえないのがもどかしい。

「だからね、たとえ土居圭介がここへ来たとしても、犯行の証拠にはならない。頻繁に出入りしていた土居圭介のボタンが落ちていたからって、不思議な事ではないから。血の付いたシャツでも出てくれば違う話にもなるけれど」

「そのシャツはアイツが処分したから、もう出てこない。でも、ここへ来るって事は、ボタンの事が気になるからだ。身に覚えがあるからだ」

「そんな脅かすような手紙が来たら、誰だって不安になるでしょう？」

そう警察が考える事はメルも承知していた。だからこそ自らの手で決着をつけるしかないと思い、ここに来たのだ。

「戸川さん。土居が来たら、直接オレに話をさせてくれ。オレの姿を見て土居がどんな態度に出るか、オレと土居のやりとりを、しっかりと見て聞いて欲しい。それこそがヤツが犯人だという証拠になるはず」

「それは許可できない。万が一って事もある、危険過ぎるわ」

「頼むよ！　このまま那波を犯人にするわけにはいかないんだ！」

しばらくそんなやり取りを繰り返した挙句《あげく》、ようやく戸川は仕方なく頷いた。その代わり、絶対に自ら土居へ手を出す事は止めるようにと、強く諭《さと》された。

「あなた、可愛い顔しているのに、やる事は大胆だから」

そして、戸川の携帯に連絡が入った。土居の様子に変化があったらしい。戸川の表情が険しくなる。

「土居が動いたわ。自宅とは逆方向の電車に乗り、M駅で降りた。ここへ向かうつもりかもしれない。私たちも準備しないと」

戸川は慌ただしく他の警官へと指示を出し始めた。メルも握った手に力が入る。

「ほら、もう。肩に力が入っているわよ」

ルミエはメルの背にそっと手を添えた。

「あなたはただ姿を見せればいい。那波ちゃんのこの体は、大切にしてあげて」

「わかった」

いつもと変わらないルミエの声、少し落ち着いた。フゥーと大きく息を吐き出す。西の空に傾いていた太陽は、ついさっきまで柔らかい陽を部屋の奥にまで差し込んでいたが、今はすっかり暗くなり、僅かにカーテンだけにうっすらと明るさを残す。微かに揺れたカーテンに、メルは思いを強くする。

――わかっている。終わりにしよう。


〜〜〜


帰路に就く乗客で満員だった電車の車内は少しずつ空き始め、乗り換えの駅に着く頃には空席ができていた。乗り換えてから先はずっとボックスシートを独り占めにできたが、座っていると余計に気ばかりが焦ってくる。

電車から海人へ連絡しようとしたが、スマホを家へ置き忘れてきた事に気付きガッカリする。財布も忘れてしまっていて、あるのは学生証と一緒に入っていたＳｕｉｃａだけ。電車に乗れただけマシだった。

夏休みになると毎年訪れたあの町。同じ電車に乗っているはずなのに、こんなにも時間が長く感じられたのは初めてだった。

仕方なく眺める車窓。真っ暗な窓に映るのは、口をへの字に曲げ、腫れぼったい瞼《まぶた》をした少女。不機嫌そうに歪めた顔にハッとする。

――こんな顔、海人に見せられない。

パンと頬を一つ叩き、無理に笑ってみる。

そして九時過ぎ、ようやく電車は小さな無人駅に着いた。

何度も乗り降りしている駅だけれど、夜に降り立つのは初めてだった。駅構内にある郵便局も閉じられ、改札を抜けて見えたのは真っ暗な町。駅前といっても何もない。僅かに点《とも》る街灯、暗い通りを少し歩くと、小さな店舗が数軒あるが、今は居酒屋の扉から光が漏れているだけ。かえって心細さを誘う。

それでも、町には潮の香りが満ちていて、それを嗅いだだけで海人への思いが募り、那波は暗い道を駆け出していた。モヤモヤしたこの感情を早く海人にぶつけたい。早くあの笑顔が見たい、その一心で。

那波はとりあえず満朗の店を目指した。

――じいちゃんを起こして、まずは泊めてもらえるようにお願いしないと。もう帰れる時間じゃないし。けれど、こんな時間に突然行ったら驚くだろうな、じいちゃん。海人も。

大崎輪業、満朗の店の看板が見えてきた。けれど、どこか様子がいつもとは違う。

違和感の原因はすぐにわかった。店の明かりが灯っているのだ。普段ならば、六時を回った頃には店は閉じてしまうはずなのに。

――こんな時間までお店のシャッター開けてるなんて、何かあったの？　そうだ、ママが連絡を寄越したのかもしれない。私が家、飛び出してきちゃったから。

けれど、道路に長く伸びた光からは、嫌な予感しかしない。那波は開き戸を開け、店の奥にいるはずの満朗に声を掛けた。

「じいちゃん、那波だよ。どうしたの、こんな時間に？」

どうかしているのは、私のほうなのに。自分でもおかしいと思いつつ、祖父の返事を待った。

満朗はかなり驚いた様子で飛び出してくると、那波の顔を見るなり、大声で叫んだ。

「な、那波！　なんで、ここへ？」

顔は真っ青で、体は少し震えているように見える。

「どうしたの、じいちゃん？」

満朗は那波の小さな頭を抱え込むと、強く抱きしめた。

「た、大変なんだ。江波が……」

「え、ママがどうしたの？　何があったの？」

「警察から電話があった。江波が死んだって」

「え、何言っているの、そんな事……」

「お前に連絡つかないって、警察が」

「う、嘘！　だって、ママ、さっきまで……」

「あぁ、きっと間違いだ。アイツが死ぬわけ、ない。アイツには親孝行らしい事、まだ一つもしてもらってないんだ。俺より先に死なれてたまるか」

呆然とする那波を軽トラックの助手席に押し込むと、満朗は乱暴にアクセルを踏み込んだ。

店を出てほどなく大きな町に入り、その町を抜けると後は民家も少ない、真っ暗な道が続く。コンビニ、ガソリンスタンドが放つ眩《まばゆ》い光が、時折後方へと流されていく。

狭い助手席で両手を組んだまま、那波は必死に願った。

――これは夢なんだ。きっと悪い夢を見ているんだ。だったらお願い。今すぐ覚めて。今すぐ。

お尻の下で唸る軽トラックの心許《こころもと》ないエンジン音。前を見据えたままの満朗の緊張した横顔。

那波は家に着くまでずっと、ヘッドライトが照らす道の先を睨み続けた。


〜〜〜

静かにカチャリと玄関の鍵の開く音がした。

土居が事件の日に鍵を持ち去った事は、江波から聞いてわかっていた。

家へ入ってきた足音がゆっくりと近付いてくる。メルは那波の部屋に隠れて様子を窺う。その足音は台所で止まった。暗がりの中、懐中電灯を照らしながら四つん這いになり必死に何かを探す姿を、扉の隙間から見つめる。その土居の背には今も連れが二人いる。

頃合いを見計らうとメルはゆっくりと部屋を出て、全く気付く様子のない土居の背に声を掛けた。

「探しているのは、このボタン？」

ビクリと大きく体を震わせ、土居が振り返った。

青ざめた顔、大きく口を開いたまま凍り付いている。驚いたのは土居だけではない。

メルは自然に口をついて出た言葉に驚いた。自分ではない誰かが、今、那波の中にいる事を感じた。もちろん、それが誰かはわかる。

――オレの魂が零れてしまっているからだ。

もう任せるしかない。メルは意識を眠らせる。

ゆっくりと近づく那波の姿は、土居には別な者に見えているのだろう。ヒューと喉を鳴らし、シンクに背を張りつけた。

目を見開いたまま、ナミ、とかすれた声で名前を呼んだ。

「許さない、そう言ったよね」

「ごめん、でも仕方なかったんだ……」

震える唇、恐怖に歪んだ醜い顔。

「僕は本当に愛していた。ありったけの愛情を注いであげたのに、君は……」

「愛していた？　違う。あなたは私を思い通りにしたかっただけ。あなたが欲しかったのは、黙ったままのお人形だったんだよ」

「違う、僕は本当に……」

「でも人間は人形ではない。おもちゃでもない。それがわかったから、あなたは潤子さんを殺した。別れを切り出した潤子さんを、自殺に見せかけて殺した。すごく苦しかったって、無念だったって。わからない？　潤子さんは今もあなたの側にいるわ」

「わ、悪いのは潤子だ。僕は、本当に愛してた、大切にした、お金もたくさん使った。なのに、あいつは……」

「私を殺したのも、私があなたとは結婚できない、そう言ったからでしょう？　もう思い通りにはならないと知って、殺そうと思った」

「違うんだ、殺そうとしたんじゃない。自分でもわからないうちに……、気が付いた時には、包丁を手にしていたんだ」

「もう嘘はたくさん。わかるでしょ？　私が一番よく知ってるんだよ、あなたが私にした事。あなた、私を突然刺した時、手に手袋してた。話し合いが済んで一度別れたのに、わざわざ家までつけてきたのは私を殺すため。だから手袋まで用意してたんでしょう？」

「違う、違う、違う！」

「ところが、あなたは私と那波のケンカを見て、那波のせいにできると考えた。それで那波のジャージを羽織ったのよ。私を殺したのが那波だと見せかけるため、偶然目にした那波のジャージをまんまと利用した。なんて卑劣なの？」

「許してくれ、お願いだ、僕が悪かった」

「ねえ、圭介さん。桜の並木道で自分が那波に何を言ったか覚えてる？　なんで那波にそこまでヒドイ事ができるの？　あの子がいったい何をしたというの？」

「あ、あいつが全部悪いからだ！　君は潤子の事、なんで知っていたんだ？　あいつが調べたからだろう？　あいつは昔の事に首を突っ込んで、僕を陥《おとしい》れようとした。あいつさえ余計な事をしなければ、君だって僕と別れようなんて言わなかったはずだ。あのガキ、僕の事を汚いものを見るような目で見ていたんだ。最後は君までが……。だから許せなかったんだ、壊れてしまった君が、壊してしまったあいつが！」

「あなたが那波に罪を被せようと思ったのは、それだけじゃないでしょ？　自分が疑われないため。罪から逃れるため。だって那波は知っていたから。最後に私といたのがあなただって。だから那波を精神的に追い込んで殺そうとした。許せない、絶対に」

一歩、もう一歩、ゆっくりと土居に近付いていく。

「あなたは、那波をあんな目に遭わせておいて、那波が目を覚まさないのを幸いに安心しきっていたみたいね」

「やめろぉーっ！　来るなーっ！」

土居は狂ったように悲鳴を上げる。

「私のスマホで、那波に嘘の遺書を送ったのも、那波のスマホから、好きだった男の子にメッセージを送ったのも、私と那波、二人のスマホを壊したのも、全部、あなたがやった」

土居は震えながら頭を抱える。

「誰が悪いんだ？　悪いのは君たちじゃないか！　僕を裏切った君たちじゃないか！　一度は僕を本当に好きになったんだろう？　ならば、なぜずっとその気持ちのままでいられない？　心変わりしたのは僕じゃない、君たちだ！　同じまま、ずっと同じ気持ちのままでいてくれれば、何も変わらず幸せだったんだよ！　壊れてしまったのは君たちだっ！」

土居の叫び声が、静かな室内を埋め尽くす。

「壊れているのは、私たちじゃない、あなたよ。私は見てたのよ。あれからずっと、あなたのそばで。一時だって離れずに……」

突然、土居は言葉にならない叫び声を上げ飛びかかると、そのまま那波の体を押し倒し、馬乗りになって喉を絞め上げてきた。

ハッと気が付くメル。必死に抗おうとするが、力のない那波の体では全く抵抗できず、首に指が食い込んでくる。息ができない。

しかし、すぐに近くで控えていた警官が勢いよく飛び出し、土居を取り押さえた。土居は自由を奪われてもワケのわからない叫び声を上げ続け、メルは戸川に手を引かれ部屋を出た。

咳き込むメルの肩を心配そうに抱きながら、戸川は困惑の色を隠せない。

「大丈夫？　けれど何なの、今のやり取りって？　まるで……。あなたって、一体？」

「だから何度も言っている通り、オレは那波じゃない。オレはアイツとは長い付き合いで、幼馴染っていうか、恋人っていうか、まぁ、そんなもんだ」

「そ、そんな……まさか。でも、もし土居が本当に犯人だとしたら、那波さんには辛い思いをさせてしまったのかもしれない。ごめんなさい」

「オレに謝っても仕方ないだろう。那波が帰ってきたら、那波にきちんと謝ってやってくれ。さてと、オレは行くからな」

「どこへ行く気？」

「那波の所だ。アイツの行き先はわかっている。那波と会い、那波にこの体を返さないと。だから戸川さん、アンタとはこれでお別れだ」

「でも、まだあなたには聞かなければいけない事が沢山あるのよ」

「悪いけど、もう、あまり時間がなさそうなんだ」

戸川はメルに何か言おうとした。けれど、何を言ったら良いのか、何から聞けば良いのかわからず、言葉が出てこない。

「さよなら。あと、サンキュー。オレの無茶な頼み、聞いてくれて」


〜〜〜


——おかしい。なんで連絡がとれないんだ？　満朗さんの店も閉じたきりだし。こんな事、今までなかった。もしかして、那波に何かあったのでは？

海人からの連絡に、普段なら遅くても一時間後には必ず返信をくれた。それに何よりも那波から連絡が来ない日なんて一日だってなかったのに、連絡が取れなくなってもう四日経つ。

お互いにスマホという連絡手段を得てからというものの、那波は堰《せき》を切ったように色々な事を海人に話した。電波はどんな遠い先からでも言葉を届けてくれる。声として届けられた言葉は、そこに色がつく。たとえ「大丈夫」、そう文字面が伝えても、その声の内に潜ませているものが心の色を伝えてくれる。不安や安心、全部伝わる。

何でもない事のように伝えてくる近頃の那波の生活は、まるで曇り空のように色彩が乏しい。そんな灰色の心に海人は不安を感じ、満朗に吐き出すしかなかった。

「アイツ、大丈夫かな。向こうでの生活、何か嫌な事も多いみたいでさ。なのにオレ、聞いてやる事しか出来なくて……」

真剣な表情で俯く海人の背中を叩きながら、満朗は笑みを浮かべ答えた。

「それでいいんだ。あいつはどんな辛い事でも自分一人で抱え込んでしまうから、そうやって話せるだけずいぶんマシになったんだよ。毎年ここにあいつが来たがったのも、海で遊んだり泳いだりして心を開いていたんだ。今はお前がその海と同じように、那波の心を開いてやっているんだ。だからお前は今のまま、聞いてやってくれるだけでいい」

そんな満朗の言葉に、海人の不安も和らいだ。けれど……。

――ホントにどうしたんだよ、那波？　どこへ行ったんだよ、満朗さん？

仕事や夜間学校の授業の始まる前や後、必ず満朗の店の前を通った。数えきれないほど連絡もした。けれど、満朗が戻ってきた気配もないし、那波からの音信は絶えたままだ。

——もし那波がオレを必要としているというのなら、それはオレも一緒だ。アイツがいないとオレだって……。

那波と海人を隔てていたものは、距離や環境ではなかった。

一年のうち、夏休みにだけ会う幼馴染。

お互いの親の顔はろくに知らず、住んでいる家にも行った事がない。二人が顔を合わせるのは夏休みの間だけ。この町と海だけが二人の世界の全てだった。

濃いような淡いような、不思議な関係。だからこそ心地よく、だからこそ何でも話せる。

それに二人に共通した不安もあった。いつしか自分たちも、母親のように、父親のように、相手を傷つけてしまうようになるのではと考えずにいられない事。時として自分たちにも湧き上がる、抑えがたい感情の高ぶりを知っているだけに、好きだ、の一言を抱えたまま、何年も変わらない夏を過ごした。

けれど毎年夏になると顔を合わせ、つまらない事で怒り、くだらない事で笑う。

会って話すと必ず波に揺られているような気持ちになる。言葉の一つ一つが揺れて重なり、不安もためらいも綺麗に洗い流してくれる。もう、自分の気持ちに嘘はつけなくなった。

そして、ようやく好きだと伝えあった事で、いっそう二人の心は重なり、強くお互いを結びつけた。

だから今、数日連絡が取れないだけで、胸が張り裂けそうになる。一言だけでもいい、声を聞きたい。

——何でもない、何でもないよな？ うっかりスマホを失くしてしまっただけ、それとも壊してしまった。そうなんだろう、なあ、那波？

〜〜〜

メルは那波の団地を飛び出すと、暗い並木道を抜け、坂を駆け下りる。

いつだったか、こんな事があったな。デジャブのような感覚に包まれながら、息を弾ませ走った。体力の落ちた体、ひどく痛む胸に脇腹、両の足が悲鳴を上げる。坂を下り切ったあとの平坦な道でさえ、まるで登り坂のようにきつかった。

ようやく駅についたものの、呼吸が乱れ、溢れ出る汗が首を、背中を舐めていく。

膝に手をやり、ハァハァと荒い呼吸で肩を揺らす小柄な少女の姿に、通り過ぎる人が奇異の目を向けてゆく。

　――ダメだ、ちゃんと運動して体力を戻すように言わねぇと。大好きな海で泳ぐことだってできやしねぇぞ、こんなんじゃ。

「そんなに急がなくても大丈夫よ。那波ちゃん、あなたが来るのをきっと待っていてくれているから」

　ルミエは涼しい顔でメルの横に立っている。

「わかっているよ。だけど、ずいぶん待たしちゃったからな」

「なにより、あなたが早く那波ちゃんに会いたいんでしょう？」

「かもな」

　そう言うと、笑顔を作り、身体を起こし、胸を開いて深く空気を入れる。

　駅のロータリーに、北からの涼しい風が迷い込んできた。汗が冷やされ、肌に心地良い。

「もう、全部思い出したのね、自分の事」

「ああ。オレは那波が大好きで、那波を救いたくて、けど何もしてやれないまま事故で死んじまった、間抜けな男だ。木江《きのえ》海人、それがその間抜けの名前だ。カイト、海の人って書くんだ」

「メルって海という意味だって最初に教えたの、覚えている？　知らずに名付けたのだけれど、見事大当たりしていたって事ね」

自慢げにほほ笑む少女。

淡い栗色の髪は風に揺れるたび、キラキラと光を拾う。濃い青色の瞳が美しく瞬く。

「オレも実は割としっくりきていたんだ。なるほどってワケだ」

「木江海人くん、か。でも、最後までメル、そう呼ばせてもらってもいい?」

「あぁ、かまわないよ」

「あのね、メル、あの公園で最初に寝た晩の事、憶えている? あの時に話した事を」

「何、話したっけ?」

「わたし、あなたに聞いたのよ。死と向き合う事が怖くはないかって。あなたは、記憶を持たない自分は何を怖がっていいのかわからない、そう答えた」

「そうだったかもな」

「全てを思い出した今はどう? 怖くはない? あなたは失ってしまうのよ、生まれてから積み上げてきた記憶を。それに、長く続いたであろう未来を」

「怖いというよりは、やっぱ、悲しいかな。でもオレはルミエと出会い、魂には終わりがないってわかった。それがわかっているだけで、それほど怖くはない」

陽もビルの谷間に落ち、帰宅する人が行き交う駅前広場に、涼しい空気が入る。

狭い円形のロータリーには幾つかのバス停があり、そこにはバスを待つ人の列ができている。人を避けるため、駅に併設されたカフェの脇にあるフェンスに、メルとルミエ、二人並んでもたれかかった。

風がルミエの髪を揺らす。

何の変哲もないローカルな駅。平凡な日常が、無表情な通勤客と共に流れているだけの、退屈な風景。そんな中、暗がりに浮かび上がる幻灯のように虚《うつ》ろなルミエの姿。その場違いな美しさは、行き過ぎる人の目に留まる事はない。

「あのさ」

「なにかしら？」

「ルミエは自分の事、あまり覚えていないと言ったけれど、それって嘘だよな？だってルミエが言ったんだ、生きていた時の記憶が魂の姿となるって。今オレの隣に立っているすげえ美人が生きていた時のルミエだとしたら、ルミエは全て覚えているはずだ」

ルミエは頬を赤らめながら恥ずかしそうに微笑んだ。

「……わたし、ね」

そして少しだけ言い淀んだあと、言葉を選ぶようにゆっくりと話し出した。

「自分で死を選んだのよ。それは誰かのせいじゃなくて、わたし自身が周りとの間に勝手に溝を掘り、自分を一人ぽっちにして、世界を真っ黒に塗りつぶしてしまったの。そして私は死を選び、その死を受け入れなかった母のわたしへの強い思いは、長い間わたしを現世に繋ぎとめ、その後も私の魂は行き場を探し彷徨う事になった。でもね、それが辛かったんじゃないの。兄に私の死という枷をかけ、母をわたしの死に縛り続けてしまった事が何よりも辛かった。そうなる事を想像できなかった、愚かな自分が許せなかった。だからなのかしら。彷徨っていたわたしの魂が、新しい器にこのラジオを選んだのは。わたしは、わたしのような過ちを犯す者のために、少しでも生きるための力となる、そんな言葉をかけてあげたかったんだと思う」

「一つ聞いてもいいか？　もし、ルミエの家族がルミエの死をあっさりと受け入れていたら？　死んでも悲しんでいなかったら？　死んでもいいって思われているヤツなら自殺したっていいのか？」

「いいえ、それでもやはり、自ら死を選んではいけない。魂に刻まれる思いについては、前にも話したわよね？」

「いい事も悪い事も魂に刻まれて、けれど全てがマイナスではなく、治らない傷ではない」

「そう。けれど人を殺す事も、自分を殺す事も、魂を酷く傷つける事になる。死というのは魂と肉体を切り離す、とても尊く神聖な作業。それを行うのは決して人であってはならない。それを人自らの手で行うという事は、魂に治し難《がた》い深い傷を与えてしまう、積み上げてきた大切な魂の経験を奪ってしまう、決して犯してはいけない罪なのよ」

「その傷は、治らないのか？」

「治るとは思う。沢山の魂と出会い、その思いと重なり合う事で。けれど、それはとても長い時間が掛かるものなのかもしれない。だって、わたしは未だにこうしてラジオガールでいるのだから」

そしてメルからそっと視線を外すと、こう付け足した。

「過ちを犯す者のためだなんて、ずいぶんと偉そうな事を言ってしまったけど……。わたしは自身の傷を治すため、こうして苦しむ魂と出会っているのよ」

ルミエに刻まれた、その傷の深さはわからない。けれど、もうそんな傷、とっくに治ってしまっている、メルはルミエを見つめそう思う。

なぜならば、ルミエはきっと今までに数えきれないほど多くの魂と出会ってきたはずだ。だからこそ、目の前にいるルミエはこんなにも美しい。

「それでもオレはルミエに感謝しなければいけない。ルミエと出会えなければ、那波の無実を晴らす事なんてできなかった。それにオレなんて自分から死んじまったみたいなものなんだよ。そのうち那波の体に追い出されて、魂に深い傷を負ったままフラフラと彷徨ったまんまだったさ。ルミエとこうして出会った事で、ちょっとはマシなオレに生まれ変われるかもしれないしな」

「いいえ、あなたはもっと自分を褒めてあげるべきよ。だって、死んでしまっても決して諦めなかった。那波ちゃんを救うため、懸命に死に抗おうとした。あなたって、やっぱり不思議な人だわ。子供みたいかと思えば、とても大人びている気もする」

「オレはまだガキだよ」

「でも少し残念ね。死ぬのが怖くて震えてしまうかと思っていたのに。そんなメルを慰めてあげたかったな」

「なーんだ、だったら、怖いって泣いて、涙の一つでも見せておくんだった」

ルミエは柔らな笑みを、顔一杯に輝かせた。

「あのね、メル、最後にお願いがあるの。わたしを、このラジオを、どこかに置いていって欲しいの。大事にしまわれてしまったら、わたしは誰とも出会えなくなってしまうから」

「もう、お別れって事か？」

「そう。だってあなたは自分を見つけることができた。わたしとあなたの、あなたを探す旅は、ここでお終い。わたしは、わたしを必要とする人の元へ声を届けるラジオガール。今度はこの町で、わたしの心に周波数を合わせてくれる誰かとまた出会うのよ」

「ルミエにとって、ラジオってなんだったんだ？」

「心の支え、だったのかな。ずっと耳を塞いでいたわたしに唯一届いたのがラジオの言葉だったから。今もそうでしょう？　電波に乗って伝えられた言葉が、人を救ってくれることがあるはず」

「うん、そうだな。そうかもしれない」

「ありがとう。最後まで付き合ってくれて」

「それはオレが言う事だよ。ありがとう、ルミエは光だった。ルミエの言葉は、真っ暗だったオレの行き先を照らしてくれる、明るい光になったんだ」

「もしも、わたしがあなたの光になったのなら、今度はあなたが那波ちゃんの光となる番よ」

——心臓がドキドキする。那波が生きている証だ。オレにとって何よりも愛おしく、守ってあげたいものだ。

「けれど、オレはルミエのように言葉を届けてあげる事ができない。そんなオレでもなれるのか、那波の光に？」

「なれるわ。音が伝わるのも光が伝わるのも、それは波があるから。そう、もうわかっているわよね。人の心にも、その人だけの波がある。あなたの魂があなたである限り、その思いは光として那波ちゃんに届くわ。きっと赤く、温かい光として。さぁ、もうお別れよ、那波ちゃんの所へ行ってあげないと」

そばにいてあげる、きちんとお別れできるように。ルミエの言葉が甦る。出会いと別れ、言葉にしてしまえば陳腐《ちんぷ》だけれど身に沁みてくる。嬉しくて悲しくて、だけどそれは、必然で尊いものだと感じる。

「また、会えるかな？」

「数多《あまた》の魂が揺れる、海は一つだけ。肉体から放たれ波となり海へと魂を委ねれば、それは海と一つになるという事。誰にでも訪れる別れは、再び海で出会うためとも言えるのよ」

「長く彷徨っているうちに、オレはルミエの事を忘れてしまうかもよ？」

「魂の絆は、記憶だけで結ばれるわけじゃないから」

「そうか。じゃあこれはルミエとのお別れじゃないんだな」

メルは愛おしそうにラジオを両手で包み込む。ルミエは自分が抱かれたかのように、恥ずかしそうに顔を赤らめた。そしてそれをショッピングモールの地階入り口へと向かう階段の壁の上に置くと、もう一度、そのラジオをそっと撫でた。

「さよなら、ルミエ」

「さようなら、メル」

海人は瞼《まぶた》が熱くなるのを感じながら、改札へと向かう階段を一歩ずつゆっくりと上った。後ろ髪を引かれ駅前ロータリーを振り返り眺めると、そこは小さな入江のように見え、人々が打ち寄せては返す波のように複雑に岸壁を舐めている。

その波の中、街灯りに照らされ美しく金色に輝く小波が揺れているのを目にすると、海人は足早にホームへ向かう階段を駆け上った。


〜〜〜


那波との連絡が途絶えて六日経っている。海人の心は決まっていた。ヘルメットを抱え、満朗の店に向かう。もしかして……。その期待に反し、やはり店の入り口は閉ざされたままで、看板にも店の奥にも光はない。

――オレは何に躊躇しているんだ？　アイツに、満朗さんに、気兼ねしていた？　いや、違う。時間や距離やお金にオレは足止めされていたんじゃないのか？　くそっ、すぐにでも行くべきだった。

その時、海人のスマホが鳴った。

ママを殺したのは私。

もう、生きていられない。

さようなら。

今まで、ありがとう。

◇◇◇

那波からのＬＩＮＥ。

「何なんだよ、これっ！」

慌てて電話をかける。やはり、いくら鳴らしても出ない。ＬＩＮＥする。既読もつかない。

「クッソーッ！　ゴメン、満朗さん！」

行くならバイクしかない。海人は足で入り口のガラスを蹴り割り、鍵を開き店内に入った。

そのバイクは乗ってくれるのを心待ちにしていたように、海人を迎えてくれた。この所、満朗がずっと掛かり切りで整備してくれていた海人のバイクだ。幸いキイは挿したまま。スタンドを外し、素早く外へと押していく。

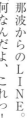

塗りなおされた黒いタンクが、街灯の心もとない光を拾い輝いている。錆のない空冷エンジンのフィンも美しい。

飛び乗るようにバイクに跨《また》がると、震える手でキイをオンにし、セルを回した。キュルキュル。柔らかなセルの音に次いで、「フォン」という軽い音と共にエンジンが目覚めた。お尻に感じる細かなアイドリングの振動が、ドクドクと波打つ心臓とシンクロする。

ヘルメットを被り、ハンドルを握る。クラッチに、ブレーキに指をかける。

――那波。何があったかは知らないが、オレが行くまで絶対に早まった事はするな！

クラッチを繋ぎ、アクセルを開ける。僅かに前輪が上がる。

クォーン。高く乾いた音を残し、バイクは夜の町へ突っ込んでいく。

那波の住む町までの道は、何度も地図でなぞり頭に入っている。距離にして約百キロ、飛ばせば二時間かからないはず。

車の多い町中を抜け北向きに進路をとる。真っ暗な道が延々と続く。急《せ》く気持ちが緊張と混じり手汗をかく。それでも海人はスピードを上げ、道路を正確にトレースしていく。

甲高いエンジン音。視線の脇を流れる景色。スピードが上がるほどブルゾンの袖がパタパタと激しくはためく。ゴーグルの隙間から入り込んでくる隙間風が、睫毛《まつげ》をくすぐる。

細い県道を延々と走り、少し大きな国道に出た。片側二車線の大きな道路。夜ともなると郊外という事もあり車もかなり飛ばしているが、海人のバイクはその車も追い越し、ライトが暗い道を切り開いていく。

大きな町中へと入ると沿道にマンションなど大きなビルが目立ち出し、あたりはずっと明るくなった。車の数もぐっと増えてきた。気をつけよう、そう思った矢先の事だった。

広い交差点に差し掛かったが前に走る車はなく、信号は青、海人はアクセルを緩め左右に止まっている車を確認すると、再びアクセルを開いた。突然、反対車線にいた車がウィンカーも出さずに右折し交差点に入ってきた。

瞬きする間もない一瞬の出来事。けれど、まるで一枚一枚ページを捲《めく》るように、目の前の風景が鮮明に切り取られていく。

白い軽バン。目の前に車のドア。ドアに酒屋の店名。運転席の男の顔。まだ若い学生。首元に銀のネックレス。視線は手元にあり前を見ていない。ブレーキレバーを握る。フットブレーキも。間に合わない。前輪が車のドアにキスをする。

激しい音と共に、体が宙へと投げ出された。

空中でもまるでスローモーションのように、ゆっくりと時間が流れていく。空が、町が、道路が視界の中で回転する。ほんの一瞬のはずなのに何時間にも感じられる。そして、地面に叩き付けられた。全身に衝撃。固いアスファルトの感触を感じると同時に、時間の流れは、元に戻った。

——ちくしょー！　やっちまった！

けれど、痛みはない。音も聞こえるし目も見える。自分の周りが慌ただしくなり、人が集まってきているのがわかる。具合を案ずるように覗き込む顔。上ずった声で電話を掛ける人もいる。事故を起こしたショックとは裏腹に、意識は冷え冷えと冴えている。

けれど、どうやっても声は出ないし体も動かない。冷水に浸かっているような寒さを感じる。そのうち眠気に襲われるように頭が朦朧《もうろう》としてきた。かすむ視界に見えたのは、コンビニの屋根のすぐ上に浮かぶ大きな月。真ん丸の満月が、白く明るく光っている。

——那波、ゴメン。ホントにゴメン。オレ、オマエの所に行けそうにない。こんな時に事故っちゃうなんて、なんてバカなんだ、オレは。本当に、悔しい……。あぁ、月がキレイだ。オマエも見てるかな、手に届きそうなくらい、低い月だ。いつだったかオマエ、言ってたよな。月の光が海に作る道を歩いて、天国に行くんだって。……でもな、行くなよ、絶対に行くんじゃねぇぞ。死にたい、いくらそうオマエが願ったとしたって、オレが許さねぇから。オレが、オマエを、死なせたり、しないから……。

月を摑もうとしても、手はピクリとも動かない。頰に一筋涙を流し、海人の意識は、ゆっくりと大気に溶けていった。


〜〜〜


帰宅する通勤客で混んだ電車は、慣れない海人の体を右に左にと揺さぶる。その度よろめき人にもたれかかり、不愉快な気持ちになる。

それでも一駅ごとに乗客は減り、さらに南へ向かう電車に乗り換えると、座席に座る事ができた。空《す》いている車内は冷房が効き過ぎ、冷たくなった両腕を抱え込んだ。

駅から離れてしまうと人家の灯りも乏しくなり、車窓に映るのは自分の顔だけだ。小さな顔に、小さな耳。鼻梁《びりょう》も細く、口も小さい。そのくせ目だけは大きな、那波の顔。ずっと大好きだった那波の顔。

けれど窓に映る那波は、とても寂しそうで心細げだ。海人は無理に笑ってみる。窓に映る那波も笑う。

——そうだ。オマエは笑ったほうが、ずっと可愛い。

夜遅い事もあって、二駅ほど手前の駅止まりの電車しかなかった。その駅から町まではタクシーで向かうしかない。自分の通う高校を右手に通り越し、タクシーは海沿いの道に入る。自転車で通った見慣れた景色だが、こうして車の窓から見るのは初めてかもしれない。僅かな時間離れていただけなのに、見飽きたはずの風景が懐かしく、愛おしく感じる。もう見納めかと思うと、なおさら胸が締め付けられる。

窓を開けると海の潮臭さが車内を満たす。その空気をいっぱい吸っているうちに、タクシーは満朗の店の前に着いた。大崎輪業と書かれた看板の下、店内には明かりが灯っていた。

――満朗さん、入院しているはずじゃ？　そうか、退院できたんだな、良かった。

店のシャッターの脇に、銀色のカバーが被せられたバイクが停めてあった。カバーから覗く車輪が不自然にひしゃげている。

――オレのバイクだ。

海人はカバーをはぎ取る。フロントフォークは曲がり、ライトは割れ、ピカピカだったタンクも凹み酷く傷ついている。自分の体まで痛むようで、涙が溢れてくる。けれど、そうして泣き続けているわけにはいかない。

海人は小柄な那波の体で悪戦苦闘しつつ、なんとかシートに跨った。足をステップに乗せ、ハンドルを握る。曲がったハンドルに再び胸を締め付けられる。

キイは挿したまま。セルを回すとすぐに、フォンという乾いた音と共にエンジンがかかった。あの時と同じ、すでに心は那波の元へと走り出していた。

——今、行くよ、那波。

〜〜〜

胸を突いた事による失血死。手に握られていた包丁。江波の死は当初、自殺と判断されたが、その後鑑識が入り、不審死として警察による詳しい検視が行われる事になった。

一度面会したきり遺体は警察病院から戻らず、死後数日経っても葬儀をあげる目処すらつかない事は、那波にも満朗にも、江波の死をより受け入れ難いものにした。

何度となく満朗が警察に取り合ったものの、警察の返事はのらりくらりと的を射ず、二人は途方に暮れたまま江波の帰りを待ち続けた。ショックで呆然としたままの那波に代わり、勤め先や知人には満朗が連絡し、数人が葬儀を待たずに家を訪ねてくれた。その中には、土居圭介もいた。

土居は満朗としばらく話をしていたが、二人で話をしたいからと那波に声を掛け、満朗が目を離した隙に外へ連れ出した。

「こんな事になってしまって、僕は本当に残念だ。警察が何を調べているのか知らないが、ナミさんは自殺で間違いないだろう。ほら、僕に送られてきたメールを読んでみるんだ。こんなの、ナミさんのお父さんには見せられないからね」

那波に手渡された土居の携帯、そこにはこんなメールが江波から届いていた。

◇◇◇

圭介さん、結婚を望むあなたの気持ちは嬉しい。
私ももちろん結婚したいと思ってる。
でも、那波がどうしても許してくれない。
ありもしない事を言い私を困らせ、あなたとは目を合わそうとさえしない。
それでも、那波の許しを待とうと、あなたは言ってくれる。
だから、説得してみようと思う。
けれど、あの度を超えたマジメさが、冷たい視線が、少し怖い。
きっと話すら聞かない、そう思うと心が折れそうになる。
でも、説得してみないとダメだね。
私、頑張ってみる。だから、もう少し待って。

◇◇◇

日付はあの日、那波が家を飛び出した日だった。

「あの日こんなメールが届いたので、僕は嫌な予感がしてナミさんの家へ向かったんだ。着いてすぐ、君がナミさんを罵《ののし》り突然飛び出していってしまった。あの後、ナミさんがどれほど打ちひしがれていたか君にわかるか？　本当なら一緒にいてあげれば良かったんだけど、どうしても一人になりたいと言うナミさんを置いて帰ってしまった僕にも責任はある。けれど、まさか自殺してしまうほど思い詰めていたなんて思わなかった」

信じられない。信じたくない。けれど土居の言葉は冷たく尖《とが》り、那波の胸に深く突き刺さってくる。

「僕がナミさんの家を出てほどなく、遺書めいたメールがナミさんから届いた。すぐに警察に連絡し、僕もナミさんの元へ取って返したが、その時はもう……。君はどこへ行っていたんだ？　ナミさんをあんなにも追い詰めて、自分は彼氏にでも会いに行ったのか？」

「わ、私は……」

「君だってもう子供じゃない。なぜ母親の幸せを考えてあげられなかったんだ？」

「で、でも、ママが……。別れたって……」

「そう君には言っておこうと、二人で話し合ったんだ。君の様子が変だから、そうでもしないとってナミさんが言い出して」

「そ、そんな……」

「君は僕の事で、ナミさんに良くない事を吹き込んだようだね。それがどんなにナミさんを悲しませていたか。君の事でずっとナミさんは苦しんでいた」

「……」

「こんな事を言いたくないけど、ナミさんは、君のお母さんは、君が殺したも同然だ。君が言った、大嫌い。あの言葉がナミさんを殺したんだ」

——私が、ママを殺した？　ママがこの人の事、真剣に愛していたなんて、私、わからなかったから。どうしよう、どうしたらいいの？

「もう、ナミさんは二度と戻らない。君のせいだ。全部、君のせいだ」

那波の心は壊れかけていた。耳を塞ぎ、短く悲鳴をあげると、その場から走り出した。

——本当にママは死んだの？　みんな、私を騙そうとしているんじゃないの？　どこかへ旅行にでも行ったんじゃないの？　だっていつもはオシャベリなママが、あんな白い顔をして黙ったきりでいるワケない！

いつの間にか、桜の並木道に来ていた。桜の木の青々とした葉が、風に吹かれザワザワと揺れている。その騒《ざわ》めきに誘われ涙が零れる。嗚咽が漏れる。足が震え、立っている事もままならず、思わず桜の幹へ手を伸ばすと、手のひらにザラリとした感触が。

サッと手を引く那波。樹皮を触った感触が、いつか江波の手に触れた時を思い出させたからだ。

地面に崩れ落ち、顔を覆う。

――海人、海人……。もう、どれくらい声を聞いてないだろう。会いたい、会いたい、声を聞きたいよ。

すぐにでも連絡をしたかったが、スマホはあの日置いたまま家を飛び出し、どこへいってしまったのか見つからないままだった。満朗も慌てて家を出たせいで携帯を忘れてしまい、海人と連絡のつけようがなかった。

「こんな所で泣いていたって無駄だ。事実から目を背ける気か？」

大嫌いな声。聞きたくない声。振り向くと土居の姿があった。いつも顔に張りつけていた笑顔はなく、あの日、那波たちの部屋を見上げていた、冷たい目が那波を捉えていた。

「お前のスマホ、台所で見つけたよ。冷蔵庫の脇のゴミ箱の裏に落ちていたんだ」

那波は慌てて土居の手からスマホを奪った。

震える手で電源を入れると、海人からの連絡が電話にもＬＩＮＥにも数えきれないほどたくさん届いていた。涙が溢れ出してくる。

「彼氏にでも連絡するつもりか？　でも、その前に見てみるんだ。ナミさんから届いているはずだ、お前への遺書が」

「ママからの、遺書？」

受信ボックスにあった未開封の江波からのメール。那波は恐る恐る開いてみた。

◇◇◇

突然の事で驚いているよね。

でも、こうするのが一番だと思った。

私、圭介さんとどうしても一緒になりたかった。

安定した生活と未来が欲しかった。

女として幸せになりたかった。

でも圭介さんは、許してくれない。

那波が良いと言うまでは結婚できない、そう言う。

でも、あなたは話さえ聞いてくれない。

口にするのは、圭介さんのありもしない過去と悪口ばかり。

きっとあなたが結婚を認める事はない。

私の事が大嫌いだったから？　そう言ったよね。
でも、私はあなたの事、大好きだった。愛していた。
生まれ変わっても、あなたのママになりたいって思っている。
嘘じゃないよ、本当に。
だって私が欲しかったもの。
それは、私と圭介さん、そしてあなたとの幸せな生活。
だから、それが叶わないなら、こうするしかなかった。
私、疲れちゃったの。
優しい圭介さんを苦しめるのも、もう嫌。
あなたの機嫌を取りながら人を好きになるのも、もう嫌。
私、待ってる、あなたが来るの、あっちで待っている。
天国では、いい母親になりたいな。
そして、たくさん仲良くしようね。
愛してたわ、那波。
さよなら、那波。
待っているわ、那波。

◇◇◇

「ナミさんは、お前が殺したんだ！　お前がナミさんを死に追いやったんだ！」

震えながら泣く那波に、土居が執拗《しつよう》に罵声を浴びせる。

「返してくれよ！　僕にナミさんを返してくれよっ！　お前の的外れの妄想が、ナミさんを殺したんだ！　なんでナミさんを殺したお前がのうのうと生きているんだ？　さっさとお前もナミさんの所へ行けよ！　お前は、人殺しだ。自分を愛してくれた母親を死に追いやった、人殺しだ」

土居は泣きじゃくる那波の髪を掴み無理やり顔を上げ、最後にこう言い放った。

「もう死ぬしかない。お前ができる事は、死んでナミさんに謝る事だけだ。ナミさんもお前が来るのを待っているさ。死ね、死ぬんだ。死んでしまえ」

那波は耳を塞ぎ、叫び声を上げ駆け出した。

立ち並ぶ桜の木々が、口々に那波を詰《なじ》った。

「人殺し」「親殺し」「お前も死ね」「死ね！」「死ね！」「死ね！」

――私もすぐに行くからね、ママ。待ってて。

坂を下って、走って、走って。気が付いたら目の前に踏切があった。

カンカンという警報音が鳴り出し、遮断機が下りてきた。赤い矢印が進行方向を示す。それとは逆方向に視線を移すと、カーブの奥から電車の姿が見えてきた。迷わず遮断機をくぐり線路の真ん中に立ち、電車が来るのを待つ。

近付いてくる電車の音。警笛。知らない人の叫び声。激しく金属の擦《こす》れ合う音。その時、誰かに左腕を引っ張られた。凄い力で。微かに香る海の匂い。体に感じる衝撃。宙を舞う感覚。地面に叩きつけられる。私、大変な事をしちゃった。意識が冷静さを取り戻すと、ビルの谷間から顔を覗かせる白く丸い月に気が付いた。なんて綺麗なんだろう、那波は涙を流した。

――今日は満月だったんだ……。こんな低い月なら、きっとあの海には、月へと延びるムーンロードが輝いているはず。あぁ、行きたいな、あの海に。海人の、海に……。那波の意識は、月光に包まれ、何処かへと運ばれていく。


〜〜〜


バイクの安定したアイドリング音が、静かな夜の町の空気を低く震わす。

店の丸椅子に腰掛けている満朗を見ると、海人には気付かないようで、少しも動く事なく視線を床に落としたきりだった。

――なんだよ、満朗さん、ちょっと見ない間にずいぶん爺さんになっちまって。今、那波を連れてくるからさ。ちょっとだけ待っていてくれよ。

クラッチを繋ぐと、バイクは思い切り飛び出した。行き先はすぐ近く、瞬きする間もない。

夜も更けてからようやく顔を見せた立待月《たちまちづき》が少し欠け始めた顔で、いつもの海岸の防波堤の上の小さな姿を白々と照らしている。

「那波！」

名前を呼びライトをハイビームにすると、今ではすっかり馴染みになった顔がはっきりと見えた。

那波は眩しそうに眼を細め、そして嬉しそうにほほ笑んだ。

「遅くなってゴメンな。さぁ、約束だ。バイクのケツに乗ってくれ」

「うん」

「しっかりつかまれよ」

「うん」

那波は海人の背に深く顔を埋め、声を震わせながら涙を流した。

「やっと会えた。会いたかったよ、海人。ホントに会いたかったよ」

海人の耳に、那波の涙ぐんだ声が届く。

「ああ、オレもだ」

バイクも二人の声に応え、乾いた甲高いエンジン音を響かせ走り出した。どんどん加速しテールライトが暗闇に赤い光の帯を引いていく。

──まるでロケットみたい。このまま空まで飛んでいってしまいそう。

お尻に伝わる振動が心地良い。頬を伝う涙を風がさらう。瞼を閉じると、鼻孔いっぱいに広がる潮の香りに、一つになった体ごと溶け込んでいってしまいそうな気がする。

一瞬にも永遠にも感じられる時間感覚。海の中で重力から解放されたような浮遊感。とても不思議で、でも心地良い。

──あぁ、なんて気持ちいいんだろう。ずっと、こうしていられたらいいのにな……。

バイクのエンジン音にかき消される事なく聞こえる、波が岩で砕ける音。浜に寄せる波の音。そして、海人の声が届いた。

「那波、オマエ、すごく愛されていたぞ。みんなに愛されていた。みんな、オマエを信じてくれて、なんとか助けようと一生懸命頑張ってくれた」

「私を助けようと?」

「そうだ。オマエの母ちゃん、香帆にカナエさん、もちろんオレもだ。後でポケット見てみろ。手帳、入っているから。よく読め、そして、ちゃんと礼を言いに行け」

「何の話?」

「読めばわかるさ。オマエはみんなに生かされたんだ」

「何言っているの?」

「オマエは今のままでいい。ただ、もっと自分を好きになれよ。そしてもっと素直に人を好きになるんだ。そうすれば、今よりもずっとオマエは愛されるはずだ。お前を愛する人の思いは、オマエを優しく揺らし、明るく照らしてくれる。オレもできればずっとそばで、そうしてやりたかったんだけどな」

背中に那波を感じる。体の温もりと、ドキドキという心臓の鼓動。海人が振り返ると、那波が不安げな目で睨んでいる。

「そんな顔するなよ。オマエが心の底から笑えるようになるまでは、オレが遠くからでも照らしてやるからさ。だから生きろ、幸せになれ。それがオレの最後の願いだ」

「何、最後って?」

「今までありがとう、那波」

「何?　イヤ、イヤだよ、海人ぉ!」

「さよなら、那波」

クォーーーン!

那波の叫びを、エンジン音がかき消す。

突然目が覚める。

今まで頬を寄せていた背中は、目の前にはない。

——海人！　……夢？　夢を見ていたの、私？

けれど、手に残るのは夢とは思えないほどにはっきりとした、海人の体の感触。頰を濡らす涙。

そして、なぜか壊れたバイクに自分が跨っているのがわかった。

「な、那波！　那波じゃないかっ！　どうしたんだ！　どこへ行っていたんだ！　体、大丈夫なのか？　俺の事がわかるか？」

満朗が店から慌てて出てきた。

「じいちゃん、じいちゃん！」

那波は満朗の声を聞くと、一気に熱が胸にこみ上げてきた。

「私、どうしていたの？」

「お前はずっと目を覚まさなかったんだ。電車にはねられて。なぜ、死のうとなんてした？　なぜ、何も悪くないお前が、そんな思いをしなければならなかったんだ？」

満朗は那波を抱き上げバイクから降ろし、折れそうに細い体をギュッと抱きしめた。

那波の体は震えていた。

「だって、私のせいで、ママが……」

「お前のせいじゃない。江波は殺されたんだ。あの土居って男に」

「ママが、殺された……」

「さっき、電話があったんだよ、警察から。申し訳ありませんでしたって謝っていた。でも、謝って済むかっていうんだ。お前を犯人扱いしやがって」

ハッとして海人の言葉を思い出し、慌ててポケットをまさぐると、小さな手帳が出てきた。開いてみると、そこにはクセのある汚い字、紛れもない海人の字で、ビッシリと奇跡のような出来事が綴られていた。必死で文字を追う。

ルミエという不思議な少女との旅、幾つかの大切な出会い、友人の思いやり、そして、江波の心、死の真相。

読み進めるにつれ、体が震えてくる。怖くて、悲しくて、嬉しくて。

そして、バイクの凹んだタンクを撫《な》で、ハンドルに頬を寄せた。真っ黒なタンクに月が映り込み、美しく光っている。

「これ、海人のバイクなんだね？　海人は、もう、いないの？」

「あ、あぁ。あのバカ……」

「でもね、じいちゃん。私、今、海人と走ってきたんだよ。夜のこの町を、このバイクに乗って」

那波は左の二の腕を抱きしめた。大切なもののように、しっかりと。

「海人と走ってきた？」

「それだけじゃない。私、ずっと海人と一緒にいたの。今、全部わかったよ、海人がしてくれた事。海人が助けてくれたんだよ、私を。でなければ、わ、私……」

嗚咽が押し寄せ、喉を埋めつくす。苦しい。

満朗は那波の頭をギュッと抱えた。ゴッゴッとした胸にきつく抱かれ、たまらず那波は大声で泣き出した。

ふと満朗は、チンチンという音が聞こえたような気がして、海人のバイクのエンジンにそっと触れてみた。事故以来眠ったままのエンジンが、なぜか温かい。

それは、走って熱をもったエンジンが冷める時にする音。その優しい音色は、いつまでも止まない那波の嗚咽と重なり合った。

エピローグ

多くの人が行き交う駅前、みな足早に中へと吸い込まれていく。

滞りなく流れるような人の流れの中で、時折、その流れに乗らずに漂うものがある。

機械的にティッシュを配る者、待ち合わせなのか時計をしきりに気にする者、募金箱を抱え絶えず声を上げる者。

その少女は、そのどれにも当てはまらず、ただ足を止めたまま留まっていた。時折改札に向かう階段を見上げ一歩踏み出そうとするが、誰かに足首を握られているかのように、その一歩がどうしても出ない。

少女は堪えきれず、押し寄せる人の波をかき分け、駅に併設されたショッピングモールへの下り階段に逃げ込んだ。開店前でシャッターが閉じられたそこだけが、磯にできた潮溜まりのように静かだった。

皆が滞りなく流れていく中で、自分だけが波に乗る事ができない。

——今日もやっぱり、ダメだった。

わかっている、わかっているのに、どうしようもない。自分の弱さが、脆《もろ》さが、嫌で嫌で堪らなくなる。

喉元にまで苦いものが込み上げてきて、口を押さえながら壁に額を押し当てた。コンクリートのヒンヤリとした冷たさ、少しだけ胸が楽になる。

そして、少女は気が付く。その壁の上に置かれた、古くて小さなラジオに。

誰が置き忘れたのか、それとも捨てていったのか、手に取ってみる。そして迷うことなく電源を入れると、すぐにザーという波の音が聞こえ出す。その波の音に誘われるようにチューニングダイヤルを回してみると、フッと無音になる場所を見つけた。

あれ？　少女はスピーカーに耳を当ててみる。そして聞こえてきたのは、明るく澄んだ少女の声。

『ハロー、わたしラジオガール』

了

本作品は当文庫のための書き下ろしです。

本作品はフィクションであり、実在の個人・団体などとは一切関係がありません。

文芸社文庫NEO

ラジオガール

二〇二二年三月十五日　初版第一刷発行
二〇二二年三月二十日　初版第二刷発行

著　者　片汐芒
発行者　瓜谷綱延
発行所　株式会社　文芸社
〒一六〇－〇〇二二
東京都新宿区新宿一－一〇－一
電話　〇三－五三六九－三〇六〇（代表）
〇三－五三六九－二二九九（販売）

印刷所　株式会社暁印刷

ISBN978-4-286-22598-2